穿越电影的美味人生

CHUANYUE DIANYING DE
MEIWEI RENSHENG

姜米粒 著

GUANGXI NORMAL UNIVERSITY PRESS
广西师范大学出版社
·桂林·

图书在版编目（CIP）数据

穿越电影的美味人生／姜米粒著．—桂林：广西师范大学出版社，2017.8
（雅活书系）
ISBN 978-7-5495-9940-0

Ⅰ．①穿… Ⅱ．①姜… Ⅲ．①散文集—中国—当代 Ⅳ．①I267

中国版本图书馆 CIP 数据核字（2017）第 164567 号

广西师范大学出版社出版发行
（广西桂林市中华路 22 号　邮政编码：541001
网址：http://www.bbtpress.com）
出版人：张艺兵
全国新华书店经销
广西大华印刷有限公司印刷
（广西南宁市高新区科园大道 62 号　邮政编码：530007）
开本：880 mm ×1 240 mm　1/32
印张：6.625　　字数：160 千字
2017 年 8 月第 1 版　　2017 年 8 月第 1 次印刷
定价：40.00 元

几句说明

一直给报纸、杂志等纸媒写些散文、随笔，合作最久的是《新青年》杂志，给这本杂志写了多年专栏。前几年，杂志想换主题，于是，我开始写“电影美食”。几年下来，集腋成裘，居然写了近百篇电影美食的文章。好友王天翔一直鼓励我把这些稿子整理成书并且积极推荐，也促成了我和周华诚先生认识。感谢周华诚和广西师大出版社给我的信任，使得这些文字能够以书的形式出现。

这些文章写的都是电影里出现的菜式，而电影是按照自己的观影口味挑选的。有些电影本身就是以美食、厨师为主题的，而不以美食为主题的电影，我也从中挑选出很多食物。电影、做菜和写作，似乎是不同的事情，而对于我来说却有很大关联。到今天为止，国内还没有人写过如此多的电影美食。

看电影、做菜、写稿，生活仿佛有了某种腔调，也使我看到了自己的生活在时间里的流动。刚开始写电影美食的时候，我住在厅、书房、厨房共用的小房子里，而现在的房子，厨房也有十几平方米；写某篇文章的时候，尚无烤箱，而今天，我的58升烤箱已经用旧了；写某篇文章时，只有一口铸铁锅，而现在的搁置架上兼具各种形状、型号的铸铁锅。

写稿之前，当然是看电影，表现美食的电影毕竟是少数，写一篇稿子要看好多电影。选中了片子，先试着做出该部电影里的菜式，这个过程是有趣的体验，从制定菜谱、操作流程、购买食材到烹饪，都充满了斟酌、猜测和想象。这样做菜不适合平常生活，但是偶尔为之却充满乐趣。做菜的时候会拍照留念，家人常常要等我拍完照片以后才能吃到被他们怀疑了很久的菜。试吃的时候充满了探索和疑虑，有的菜让人惊喜，有些菜的味道却莫名其妙，让人匪夷所思。

插图是李殿来先生画的。李殿来是中国工艺美术学会会员、黑龙江省美术家协会会员、黑龙江省油画学会理事，作品以印象派风景油画为主，也深受俄罗斯画派影响。李殿来于百忙之中给该书画了40幅插图，非常感谢！

目录

[redacted]

第一辑　星空下的奶茶

第二辑　宫崎骏的小吃小喝

第三辑 无关相思

第四辑　深夜去哪里吃饭

第五辑　牵手走过菜市场

第一辑

星空下的奶茶

西班牙海鲜饭

食物：西班牙海鲜饭

口味：海鲜鲜、米饭香

做法：虾、鱿鱼、贝类与米饭先炒后焖

片名：六楼的女人

导演：

菲利普·李·古伊

编剧：

菲利普·李·古伊，

Jérôme Tonnerre

主演：法布莱斯·鲁奇尼，桑德琳娜·基贝兰，娜塔丽娅·沃拜克，卡门·毛拉，劳拉·杜纳丝

类型：剧情 / 喜剧

制片国家 / 地区：

法国

语言：

法语 / 西班牙语

上映日期：

2011-02-16（法国）

像意大利电影绕不开意大利面（pasta）——帕斯塔，和西班牙有关的电影则绕不开西班牙海鲜饭（paella）——巴伊亚。如果说禽畜肉类属于冬季，那么海鲜则属于夏天，西班牙海鲜饭也适合夏天吃。去西班牙的时候是9月，西班牙天气还热，尤其是南部。因为在家就下定决心一定要在西班牙吃西班牙海鲜饭，即使过敏也在所不惜，所以到了西班牙，从米哈斯到萨拉戈萨到马德里到巴塞罗那，一路都在找西班牙海鲜饭吃。

法国电影《六楼的女人》中，那些西班牙女佣的聚会，端上来的大盘海鲜饭，看上去就让人垂涎。在北京曾吃过一次，贵得要死，性价比极端扭曲，但又不敢吃，看着盘子里的鱿鱼圈之类的眼馋，那是我的大忌——过敏。忍着忍着忍不住吃了两口，不过尔尔，白白浪费了我冒死的勇敢。

片中的女佣虽然在法国做佣人，但其实在西班牙都有殷实的家，因为在20世纪60年代，西班牙内战刚刚结束，西班牙女人为生计而到法国，她们赚的钱拿回家可以翻修房子、做小生意。做股票交易生意的法国资本家儒贝尔先生爱上了住在六楼的西班牙保姆玛丽，玛丽后来回到了西班牙，儒贝尔先生追了过去。影片中玛丽家就在像米哈斯这样的小城，依山而建，到处是干净的白色房子，道路也是弯曲起伏的。电影里的明媚阳光和我到达米哈斯那日一样耀眼。

靠海吃海，所以这款亦饭亦菜的西班牙海鲜饭产生在西班牙也就不足为奇了。车如果在西班牙内陆行驶，就可看到沙黄的土地、粗粝的石山，沿途是橄榄树园和葡萄园。这块土地的确不是流蜜之地，它的北面是比斯开湾、南面是直布罗陀海峡，还有地中海中的巴利阿里群岛，大西洋的加那利群岛（荷西和三毛最后住的地方）及非洲的休达和梅利利亚。土地上缺东少西，自然就到海里找吃的。所以，在西班牙吃海鲜像在日本一样，海产品是主要食材。

在米哈斯，中午秋阳高照，穿件吊带背心裙就行了，把开衫脱下来围了一个“阿拉伯的劳伦斯”式头巾，以抵挡紫外线的照射。和同行的伙伴找了一家海鲜饭馆，在门外遮阳棚底下的座位坐好。店家的女儿是典型的西班牙少女，黑眼睛黑头发白皮肤，高鼻深目小脸小身材，笑容甜美，但不会说英语。鸡同鸭讲，说了半天，好不容易点出了一份双人海鲜饭和水。因为有所准备，所以我先用水把抗过敏的药顺了下去。天气虽然热，但风是干爽的，做巴伊亚时间长，差不多要半小时，为了一直憧憬的海鲜饭，这点等待时间就不显得长了。坐在街边的椅子里，也正好缓解疲劳。米哈斯是小镇，餐馆没有 WiFi，路上行人稀少，偶尔有人走过也是脚步缓慢。

《六楼的女人》影片里的海鲜饭是用一个铸铁平底锅做的。端上来的时候，表面摆着满满的一层贻贝，看不到米饭。我点的海鲜饭上面的海鲜没有摆满，但海鲜种类丰富，有贻贝、扇贝、鱿鱼圈、海虾，另外还摆有切开的柠檬；金黄色的米饭口感生硬，不似中国东北米饭那样 Q 弹。一直以为巴伊亚米饭的黄色来自咖喱或者黄姜，但不是，巴伊亚的颜色来自藏红花。做海鲜饭的锅具也是盛具，铸铁盘子，做好了以后直接把锅端上来。

西班牙海鲜饭，西餐三大名菜之一，与法国蜗牛、意大利面齐名。说来，三大名菜里的帕斯塔和巴伊亚都是主食副食合一的，一个是面条、海鲜和其他，一个是米饭、海鲜和其他。西班牙海鲜饭是以大米为原料的一种饭类菜品。吃惯了五常大米的我还是觉得那份海鲜饭中的大米如果是东北大米一定会更好。

从西班牙回来后我立即买了一个酷彩海鲜锅，火焰橘色，直接上桌非常漂亮。网上搜来的做法被我加以改进：用浸泡藏红花的水浸泡大米；海虾开背去虾线；鱿鱼去掉内脏和软骨，撕去红色的表皮后切成粗条或小块；贻贝被我换成冻扇贝。因为在北方很难买到种类繁多的海鲜，所以我把所有冻海鲜化开、洗净，加胡椒和盐略腌，用平底锅煎黄。海鲜锅内放一点橄榄油，中大火炒香洋葱、蒜碎，加甜椒粉，下番茄、甜椒和欧芹，炒至番茄出汁、甜椒略软。下浸泡好的大米继续翻炒，烹进葡萄酒，等酒气挥发后倒入开水，加盐和黑胡椒。转中火煮至水开，5 分钟，不要翻动。将所有煎好的海鲜均匀地铺在饭上并按压，让其半埋在饭中。盖上锅盖，小火 2 分钟，关火用海鲜锅的余热焖 10 分钟，开盖后摆上切开的柠檬。

西班牙海鲜饭搭配白葡萄酒和红葡萄酒都行，啤酒也凑合，白酒在夏天不大适宜。西班牙海鲜饭做起来好似很复杂，但可以省略其他的菜，如果海鲜都是鲜的，不用煎，那么几乎没有油烟，对于夏天做饭的煮夫煮妇来讲也省去了煎炒烹炸的煎熬。

海鲜可以换成提前煎好的鸡腿或者鸡翅中，就是鸡肉巴伊亚。其实，巴伊亚与我国的锅仔饭、菜焖饭类似，只不过锅具和菜的种类不同而已。如果没有专门的海鲜锅，也可以用其他铸铁锅代替，尽量用厚锅，慢热、均匀，太薄的锅具容易把米饭焖糊。有朋友用电饭锅试验过，效果不佳。

哈尔滨秋季少有的温暖天气，坐在阳台的沙发里，阳光散漫在脸上，好像仍然在西班牙白色小镇米哈斯。小区里的那只橘猫像被什么追了似的狂爬窗前的那棵山槐树，然后又没事似的在一根树枝上瘫软下四肢，它经常自己玩这个游戏。下巴颏忽然生出来一点痒，提醒我真的不能嘴馋，即使是西班牙海鲜饭也不能吃，那几顿海鲜饭是 20 多天前吃的，过敏反应到底出现了。思绪在眼前的山槐树、猫、西班牙、过敏之间来回飘移。

片名：相助

导演：泰特·泰勒

编剧：泰特·泰勒

主演：艾玛·斯通，维奥拉·戴维斯，布莱丝·达拉斯·霍华德，奥克塔维亚·斯宾瑟，杰西卡·查斯坦

类型：剧情

制片国家 / 地区：美国 / 印度 / 阿联酋

语言：英语

上映日期：2011-08-10（美国）

炸鸡三剑客

食物：炸鸡、秋葵、玉米饼

口味：炸鸡香酥、秋葵黏滑、玉米饼松软

做法：炸鸡块、凉拌秋葵和玉米饼裹成半开放式馅饼状

2010年看一篇介绍电影《相助》的文章，文中虽然一字未提厨房和食物的事情，但我判断该片一定少不了厨房和各种吃食——表现女佣和主妇的电影，场景能没厨房吗？厨房里能不做吃的吗？果真啊，2011年《相助》上映，2012年我找到了它的视频和碟。不仅如我判断的那样出现了好几家厨房，还有炸鸡块、秋葵、玉米面薄饼，我把这三种搭在一起的美食称作炸鸡三剑客。

20世纪60年代，美国密西西比州，有三位年轻妇女——白人女记者斯基塔（艾玛·斯通饰演，那时，艾玛·斯通还奋斗在去往奥斯卡奖的路上，现在此女凭《爱乐之城》获奥斯卡最佳女主角）想要完成一个关于黑人女佣的写作，认识了黑人女佣艾比琳（维奥拉·戴维斯饰）和米妮（奥克塔维亚·斯宾瑟饰），这三个背景完全不同的女性密切地联系到了一起，故事便在几个白人中产妇女和黑人女佣之间展开。

我要说的当然不是直到20世纪60年代美国还存在严重的种族隔离以及黑白女人之间的巨大不平等，我要说的是密西西比最会做美味的黑人女佣米妮做的美味。米妮的拿手菜有炸鸡和巧克力派。

米妮的新主人是中产阶级白人女性西莉亚。在西莉亚家帮佣的第一天，米妮做的是炸鸡块和秋葵。西莉亚的丈夫福特先生说，起码还应该有玉米面包吧。我想这个玉米面包应该是墨西哥玉米面卷饼，用面粉和玉米粒打成糊状摊成的小饼，卷沙拉类的蔬菜吃。电影中没有像食谱一样细致地描述它们的做法，但我连猜带蒙地决定应该这样做。

炸鸡块，应该是美式炸鸡。米妮说炸鸡块变成美味的诀窍是用白油炸。白油又叫起酥油、蛋糕油、人造黄油等，一种氢化植物油。

这种被米妮赞不绝口的白油现在依然在广泛使用，但被人诟病的问题也在这里：白油容易产生反式脂肪酸，这是一种比饱和脂肪酸对人体更加有害的脂肪酸。炸鸡块不论怎么说都是高热高脂食品。在米妮家里，米妮给孩子们常做这个，所以那几个小孩子也都胖胖的，想来应该是炸鸡块的“功劳”。

西莉亚豪迈地一手拎鸡一手拎斧子，就连米妮也不敢看那个杀鸡的场面，可是西莉亚让那只鸡死透透了。鸡块先用盐、胡椒、香叶等腌制，蘸蛋液，然后再裹干面粉和面包糠。片中，米妮让西莉亚把蘸了蛋液的鸡块放入一个面粉纸袋中摇晃，把西莉亚乐得咯咯的。很多傻香傻香的食物像西莉亚缺心眼儿的傻笑一样，非常容易感染人。平底锅烧热放白油，把鸡块摆进去，炸至金黄，翻面再炸至金黄。因为白油的关系，炸鸡块非常酥脆。用色拉油炸鸡块也可以，需要两遍油炸才能酥脆，但还是没有白油炸的酥。炸鸡块咬一下可以听到酥皮碎裂的声音就是成功的，而口腹被诱惑和被抚慰的感觉也只有吃的人知道啊。

炸鸡块可以根据个人的喜好选择酱料，我个人并不偏爱番茄酱和芥末酱，而比较倾向墨西哥莎莎酱。有一阵儿肯德基出过泰式酱料，有一点点辣，像番茄酱一样小包装的，挤在炸鸡块上也不错。

秋葵，也叫羊角豆。横着切开，能看到花朵形状的孔洞，洞里有秋葵豆。吃法很多，常用的方法是清炒和凉拌。羊角豆洗净切片或者切一厘米的段，打水焯，清炒，也可以用肉丝、橄榄菜炒。羊角豆本身的味道很清淡黏滑，和什么东西搭配，味道就跟着搭档走了。

玉米面卷饼，炸鸡块和秋葵的好搭档。高筋粉和低筋粉各一半的比例，加盐或者糖，用水、蛋液打成糊状，摊在平底锅里，半凝固的时候用铲子铲起一边，形成半卷的形状，方便往里面添加蔬菜和鸡块。也有把玉米薄饼当作比萨底的，上面放有墨西哥辣椒的比萨馅料烘烤，就是墨西哥比萨。

片中斯基特到另一个黑人女佣艾比琳家做客时，艾比琳给斯基特做的蛋挞也挺有特色的。模样好看，一定是酥脆和松软相得益彰的。

片名：涉足荒野

导演：

让 - 马克 · 瓦雷

编剧：

尼克 · 霍恩比，

Cheryl Strayed

主演：

瑞茜 · 威瑟斯彭，盖比 · 霍夫曼，劳拉 · 邓恩，查尔斯 · 贝克，凯文 · 兰金

类型：剧情 / 传记

制片国家 / 地区：

美国

语言：英语

上映日期：

2014-12-05（美国）

独行女的能量源

食物：美式浓汤

口味：酸甜咸面浓稠

做法：把番茄、吐司、洋葱切块切碎，用蒜碎和糖炒，然后把所有炒的东西倒入料理机打成糊，再倒回锅中，加入鸡高汤，放盐、胡椒与欧芹段烧开，转小火煮至浓稠

食物：豌豆汤

口味：豌豆香

做法：豌豆罐头加土豆、胡萝卜、甘蓝和高汤煮

电影：沙漠驼影

导演：约翰·卡兰

编剧：马里昂·尼尔森，罗宾·戴维森

主演：米娅·华希科沃斯卡，亚当·德赖弗，艾玛·布斯，杰西卡·托维，梅拉妮·萨内蒂

类型：传记

制片国家/地区：澳大利亚

语言：英语

上映日期：2013-08-29（威尼斯电影节）

电影《涉足荒野》是2014年年底上映的片子，由瑞茜·威瑟斯彭主演，说的是一个作腻歪了的女人开始了一场说走就走的旅程。谢丽尔·斯瑞德22岁时，因为母亲去世，她认为自己失去了一切，恰逢婚姻也走到了尽头，“嗑药”、堕胎……4年后，已没有什么可失去的她做出了一个冲动的决定——徒步走完著名的太平洋山脊步道，并且用9个月的时间真的完成了1100公里的独自行走。那比从哈尔滨沿着铁路线到北京还远些。

谢丽尔穿了一双把脚趾甲挤掉的鞋子就上路了，背了一个能把自己摞倒的巨无霸背包，装了很多没用的东西，还把气体和炉具带错。由于不搭配，炉子不能使用，所以上路的前10天，谢丽尔一直在吃凉粥，凉粥早餐、凉粥午餐、凉粥晚餐，以致她给自己的大便起了名字——凉粥大便。所谓凉粥就是即食麦片用凉水泡一下，而干果、火鸡肉干和金枪鱼片、能量棒、巧克力等全部不需要烹饪的东西，都可以用凉水顺下去，也算凉粥。

即食麦片，我的早餐也常常吃这个。因为还有煎蛋、小菜、馒头片或者面包片，这种早餐粥也不难吃，有时候也用牛奶煮一下，味道会更好一些。美国某牌燕麦片口味最好，蓬松劲道，用牛奶泡时间长了也不软，哈尔滨这边俄罗斯麦片多价格低，也是我的常选。有时也买宜家的早餐五谷饼干当麦片，用牛奶稍煮一下，也可以下咽。

10天的凉粥让谢丽尔对烹饪的、热的食物的渴望达到了顶点。所以当谢丽尔到了一个农夫的家里，农妇煮了热汤、端上了面包，谢丽尔几乎不顾及仪表和礼仪狼吞虎咽地吃了起来。我想，那个汤应该是美式乡村浓汤。

我们做的汤大致能知道里面都有什么食材，而美式浓汤基本看不出用什么东西做的。比如番茄浓汤，把番茄、吐司、洋葱切块切碎，用蒜碎和糖炒，然后把所有炒的东西倒入料理机打成糊，再倒回锅中，加入高汤，放盐、胡椒与欧芹段烧开，转小火煮，所以这个汤就是一团褐红色的浓汁里有几根模糊的欧芹。还可以加土豆、洋芋、南瓜、花椰菜等等，换成什么就叫什么浓汤。鸡高汤、牛高汤、猪高汤都行。这里所说的高汤都是经过十几道工序做成的，由于做法复杂，如果自己家做每次做出多份，冻在冰箱里，用的时候拿出一份。这样的汤和法棍等硬面包搭配，是容易产生幸福感的食物。谢丽尔吃饱喝足洗澡以后入睡了，那是她多年颓败生活中没有过的沉眠。

与说走就走的谢丽尔不同，《沙漠驼影》里的罗宾·戴维森（米娅·华希科沃斯卡饰演）做足了准备。这两个女孩的行走都确有其事。20 世纪 70 年代，罗宾想要穿越澳大利亚中部沙漠，她的旅程是从驯养骆驼开始的。先用了一年多的时间学习驯养、驾驭骆驼和在沙漠里生活的技巧，然后用了六七个月的时间独自一人带着四只骆驼和一条狗，从悉尼出发到艾利斯斯普林斯，最后抵达澳洲西海岸，全程 1700 多公里，比谢丽尔还多走出 500 公里。沿途是长着骆驼草的沙岩石路和沙漠，有些地段没有土著向导的带领，女人不准穿过。罗宾牵着骆驼，骆驼驮着罗宾的生活用品，狗跟在骆驼的影子里，这样一个驼队，吃什么呢？

骆驼吃沿途的骆驼草，狗和罗宾吃罐头豆子、土豆、洋葱以及虫子、袋鼠肉等等。与谢丽尔的现代装备不同，罗宾是捡柴生火煮罐头的。

由于罗宾·戴维森缺乏经费，所以她接受了《国家地理》杂志的资助，允许杂志社派来的摄影师里克拍摄。里克提前在下一个加油点等着罗宾出现，拍摄完就走。豆子——如此单调到乏味的食物被他们夸赞，在大漠红色的夕阳里，罗宾把煮好的豆子递给里克，里克居然说这真是美味。

罐头豆子里的豆子多半是豌豆、鹰嘴豆和扁豆。如果没有鲜的，罐头豆子是做豆菜的好选择，既可以做主菜，也可以做配菜，甚至像罗宾和里克那样当成主食吃也行。豌豆汤是和面包、意面以及米饭搭配的好菜。用橄榄油先炒洋葱碎和蒜碎，再把土豆块、番茄块和罐头豌豆放入一起炒，然后加鸡高汤或者牛高汤，烧开转小火慢炖至土豆熟面。

现在的驴行者多是装备派，有些人甚至是为了秀装备而出行。如果想和他们搭讪，提些简单的问题就可以了。比如问一下，徒步两天带什么吃的？会有特别“专业”的答案出来，甚至建议你吃多糖类、多肽类、低聚果糖或益生菌类的食物。我就懵了。还是看看谢丽尔和罗宾吃什么吧。

俄罗斯清鱼汤

菜名：俄罗斯清鱼汤

味道：春天江水的气息

做法：去春水的江边钓鱼，江边同时支一口锅，不论钓上来什么鱼，清理干净后都扔进锅里煮之，调料只有一种——“爱情盐”

片名：我是爱

导演：
卢卡·圭达尼诺

编剧：Barbara Alberti，伊万·科特罗尼奥，Walter Fasano，卢卡·圭达尼诺

主演：
蒂尔达·斯文顿，马里莎·贝伦森，阿尔芭·洛尔瓦彻，弗拉维奥·帕伦蒂

类型：剧情

制片国家/地区：
意大利

语言：俄语/意大利语/英语

上映日期：
2009-09-05

几年前，我看过《我是爱》，然后不知道怎么就把它遗失了，片名、主演、情节等全都遗忘。但我记得片中去往山里饭店的小路，蜿蜒上升；路边的香草、香葱和摇曳的小花；院子里树下摆着餐桌，斑驳的阳光在蓝花的桌布上跳舞……时不常我就想起来这一小段亮晃晃的片段，每想起一次，印象就更加深刻一次，而其他内容则遗忘得更加彻底，我甚至不记得里面的菜式，那是不应该的。还好还好，终于走出了梦魇，它又回到了我的手里，套那句用烂了的句子：不论找还是不找，忘还是不忘，它一直在那里。

艾玛由蒂尔达·斯维顿（Tilda Swinton）饰演，我喜欢的一种演员。艾玛是俄国人，少女时遇到了意大利富豪坦克雷德，嫁到意大利后便要极力忘记俄国，连名字都改掉。但胃不跟随心走，艾玛从没忘记母亲教给她的菜肴做法，尤其是那道俄罗斯清鱼汤，经过艾玛多年练习，已经成为家宴上的保留菜式。在我的实践中，一道菜即使不断地被重复，每一次也会有不同的变化，只要一直做，它的味道就会朝着你希望的方向发展。

虽然这是一部和美食有关的电影，这道清鱼汤为主打菜，但片子实在不适合教学。我上网查找，也只有一点点。俄罗斯清鱼汤是在江边钓上鱼以后，直接用江水煮，先煮一些鱼，把鱼捞出，再放进去一些煮，捞出再放进去第三拨鱼，之后的鱼汤就是俄罗斯清鱼汤，强调的是不放任何调料，只放盐，并且，鱼是捞出不吃的。我觉得这和黑龙江边渔民的吃法很像。我推测，江边钓上什么鱼就用什么鱼，先钓上来的就先放进锅里煮，后钓出来的鱼就后放进去煮，因为出门在外，携带不便，条件有限，所以也只能放盐。那么鱼呢，当然不只是一种了，而是多种淡水杂鱼。经过多次炼煮以后，鱼汤一定呈奶白色而不是电影中的那种清亮。俄罗斯人惯常携带的食物是列巴、酸黄瓜、腌蒜，那么这道汤一定和这些搭配。

艾玛和安东尼奥又一次的缠绵之后，阳光铺满艾玛的身体，肌肤闪着汗润的光泽。我忘记的那个场景其实是安东尼奥开在山里的饭店，艾玛和他约会的地方。安东尼奥问艾玛俄罗斯清鱼汤用什么鱼做？缠绵之后谈论美食，“食色”尽占。艾玛说那并不是用一种鱼做的，而是几种鱼，关键是汤要做得清亮。这就是我从片子当中获得的唯一关于怎么做这道菜的信息。

安东尼奥做出了俄罗斯清鱼汤，汤里有鱼块、覆盆子以及香草叶。我想，一盘什么都没有的奶白色的汤在镜头里应该和牛奶没有什么区别，所以安东尼奥的清鱼汤加进了鱼块、水果和香草。正是这道清汤出卖了艾玛和安东尼奥的恋情。

小时候在嫩江平原梅里斯吃过一次焖杂鱼，早晨去江里打鱼，中午回来，各种小杂鱼，都是几寸长的。倒进大锅里，扔一把盐，灶下是柴火，大火烧开后不添柴了，焖一下午，晚饭的时候那焖鱼就是主菜。样子并不好看，颜色灰白，没有油煎火烹，也没有花椒大料，出锅的时候表面撒些小葱圈儿，肉细骨酥，小孩子也不怕被鱼刺伤到。吃法也豪迈，每人一碗焖杂鱼，一块玉米面大饼子，绝配！回想起来，那杂鱼里的汤应该和这款清鱼汤类似。鱼吃到后来，碗底会有一点黏稠的鱼汤，把剩下的一口饼子泡在里面，香的！

片中有多处美食的情节，安东尼奥最初吸引艾玛的是他用一把喷枪烧一块俄式点心。爱德瓦多怂恿妈妈试一试，那种火焰贲张的工具的确激发人的好奇心，让艾玛跃跃欲试。烧烤后的点心放入口中，我们听到酥脆的音响在艾玛的嘴里发生小小的爆炸，然后又从艾玛脸上沉醉的表情观察到了美味，音响和表情是我们从电影中观赏美味的途径。

安东尼奥征服艾玛的第一弹是奶油蛋糕，奶油亦是一切美味的秘籍，艾玛的回应是去拜访他的饭店；第二弹是烧烤，艾玛的回应是清鱼汤。他们注定要沿着走胃的路径掉入爱情陷阱。

巨人的肉卷

菜名：酥皮肉卷

口味：外酥里香

做法：猪颈肉腌制煮熟切薄片，放在酥皮上，再铺树莓、蓝莓等，卷起烤制

片名：

巨人捕手杰克

导演：布莱恩·辛格

编剧：达伦·莱姆克，克里斯托弗·麦奎里，丹·斯塔德尼，大卫·道金

主演：尼古拉斯·霍尔特，埃莉诺·汤姆林森，伊万·麦克格雷格，斯坦利·图齐，埃迪·马森

类型：

剧情 / 奇幻 / 冒险

制片国家 / 地区：

美国

语言：英语

上映日期：

2013-03-25（中国）

2013-03-01（美国）

看电影《巨人捕手杰克》，巨人厨师边揉面，边把抠出的鼻涕揉进去，然后用面皮把卫队队长整个人卷起，准备放进烤炉里烘烤。

在放映厅里恶心之声嗡嗡四起之时，我习惯性地在大脑里迅速搜索了这款菜式——酥皮肉卷。要是真做这道菜的话，猪颈肉用红酒、迷迭香、洋葱、黑胡椒、干辣椒粉等腌制，煮熟，切薄片，铺在酥皮上，可以再放树莓、蓝莓，卷起来，放入烤箱烘烤……我在脑海里给巨人做酥皮肉卷的时候，伊莎贝尔和查理已经把卫队队长救出来了，救人情节在酥皮肉卷的制作过程里断断续续。

科幻片里有机器人、生物人、动物等等，他们吃什么呢？大约有以下几种。

杂食。《侏罗纪公园》里的那些恐龙之间互相吃，同时也吃人、吃植物；《铁血战士》中的铁血战士既要杀死异形人，他们之间也会互相残杀残食；《云图》中，斗娜等克隆人死掉以后被做成药丸，再由克隆人服下。其实，这也不是什么新鲜事，现在农场、养殖场里的饲养动物，都是喂合成饲料的，合成饲料里有动物的内脏、骨粉等等。有人说人类最终必将自己毁灭自己，这，我是相信的。

人食。还有吃人类的食物的，像《全民超人汉考克》里的汉考克，经常和杰米夫妇一起吃个饭、喝点酒什么的，剧中的很多情节也发生在杰米家的厨房里；《蝙蝠侠》中的蝙蝠侠、《蜘蛛侠》里的蜘蛛人、《超人》里的超人，他们平时伪装成人类，为了和我们混成一团，吃喝在人间。

还有喜欢吃零食的：《X 战警》里经常出现吃爆米花的镜头，《第九区》里的虾人喜欢吃猫粮，E. T. 外星人爱吃巧克力。并不是什么外星人吃人类食物都没事，《人工智能》里的大卫，为了使自己成为真小孩，本来可以不吃不喝的他吃下了菠菜，结果把自己吃短路了。

还有暗喻吃人食的，比如《阿凡达》里的纳威公主教阿凡达捕猎，如果不为了吃，他们没有必要猎杀动物。除了捕猎动物之外，潘多拉星球还有很多可供食用的植物，纳威公主和阿凡达吃果树上又大又丰硕的果实，表情是获得满足的样子。从逻辑上讲，潘多拉星球居民一定有嗅觉和味觉，很享受吃的过程。

不吃。与吃什么的角色相比，另一类角色什么都不吃。凡是吃什么的生物，都是要从食物中获得能量，如果能够从其他渠道获得能量，那么就可以省去“吃”这一道程序了。《机械公敌》里的金属机器人按时充能，什么都不吃，弄得威尔·史密斯也没有什么吃喝的场面。《变形金刚》中的机器人全都不吃东西，他们从宇宙中获得能量，像《变形金刚 2》，整部片子都是围绕一个有着巨多能量的东西闹来闹去的，最后还把那个东西安进了擎天柱的心脏。有一阵儿特喜欢大黄蜂，大黄蜂因为要离开小主人而涕泪滂沱，跟有个水盆子从眼睛里往外泼似的，我当即被它数量巨大的眼泪征服，但大黄蜂不吃东西。

吃药。《黑客帝国》里的墨菲斯拿出两粒胶囊，红色和蓝色，对尼奥说，吃了红色的会知道真相但很痛苦，吃了蓝色的会睡个好觉，第二天上班、下班，生活依旧。这不仅是尼奥的选择，也是我们每个人都会面对的选择。《猩球崛起》中的大猩猩吃了“cure”就会拥有人类的高智商，但是人吃了“cure”却不能提高智商，“cure”反而会成为病毒传播。

吃与不吃、吃与吃什么都是永恒的问题，对于科幻角色也是如此。

片名：食行人生

导演：野村友里

主演：

浅野忠信，清水凉，

长谷川歌织

类型：纪录片

制片国家 / 地区：

日本

语言：日语

上映日期：

2009-10-10（日本）

给“吃”一个观点

菜名：柠檬鸡

口味：给鸡肉一缕柠檬的清香

做法：找到一棵柠檬树，在树下用深锅煮一只鸡，剪下柠檬的枝叶花朵放入锅中，用柠檬与鸡的灵魂煮

《食行人生》是野村友里拍的一部关于“人与食”的纪录片。片子采访了画家、摄影师、旅行家、演员、芭蕾舞者、电影导演、茶道家、僧人、设计师、歌者、鱼贩、菜贩、农妇、农夫等各色人物，其中有我们比较熟悉的大牌演员浅野忠信（他主演的《蒙古王》曾在国内公映）、日本著名歌手长谷川歌织等等。采访的问题是预制好的，关于怎么看待食物和吃喝，答案五花八门。

导演野村友里，国内查不到他的资料，只有一句介绍，说他是“餐饮监理”，搞餐饮的不研究菜谱改做导演了。片中扑面而来的阳光、溪水、土地和食物的气味仿佛从荧屏上流溢出来，非常饱满。

先说片子的最后，是所有参加拍片的包括婴儿、儿童、摄影师、芭蕾舞者、演员、歌手……聚集到一个大帐篷里，分享、感谢、珍惜大自然赐予人类的食物。我格外注意到那个用柠檬叶、花和柠檬做的土鸡。

看看我花盆里种的柠檬树，上面有一个成熟的大柠檬，做柠檬鸡应该够了。散养鸡一只，收拾干净，去掉头爪，从柠檬树上把那个柠檬摘下来对切，用切开的柠檬剖面搓遍鸡的表面，然后把捆好的鸡放入深锅，加水，把整只鸡淹没。剪下几枝带叶的柠檬枝放入锅中，还有一棵胡椒树已经结出了绿色的胡椒，也连枝带叶剪了下来一同放入锅中。继续加盐、葱段、姜、大料，大火烧开，小火慢炖 2 小时，慢炖期间不断撇出浮沫。整只鸡捞出放入大盘，汤过滤后浇到鸡上。另外用过滤的鸡汤做米饭。在朋友圈里显摆的时候，有人问，鸡肉是不是有点清香啊？的确如此，不仅因为用柠檬枝叶当作鲜调料，还因为鸡用柠檬搓过，鸡皮也有一点点脆的感觉，不像平常炖鸡那么黏滑。过滤出的鸡汤一次吃不掉可以当鸡高汤使用。

长谷川歌织在乡下有居所，拍片的时候已怀孕。长谷川的观点是，吃饭不仅仅是吃，还要和家人在一起，要有交流，吃是和爱、爱神、绘画、歌曲联系在一起的。片子发布的时候女儿已经诞生，她还想给孩子起名叫“糙米”，就像我的名字“米粒”一样，注定和食物有关联。她用自己种的糙米和邻居换刚刚出生的鸡蛋，那是一个非常漂亮的有褐色斑点的鸡蛋。她还用糙米换回了芝麻菜、甘蓝、生菜等绿叶菜。看着长谷川歌织大而圆的肚子，长发飘飘，和歌唱时的她怎么也联系不到一起，但我喜欢怀孕在乡下的长谷川歌织多于歌唱着的她。

这位叫森冈直子的妈妈是“自然植物种植法”的实践者。她说，月亮变圆的时候，上面的叶子和果实饱满，当新月出现的时候能量向下传递，根茎壮实；不仅月亮对植物有影响，就是潮涨潮落对植物都有影响。所以她追寻在恰当的时候采摘食物，那样的食物才能让人充满活力。森冈直子带着孩子在冲绳岛自己种田，孩子们喜欢吃田里刚刚挖出来的紫薯、土豆，大女儿喜欢吃芹菜时发出的咯吱咯吱的声音。路边的紫苏熟了，割来、揉打，紫苏籽粒就掉了下来，筛去细枝，装进密封瓶里，厨房架子上放着一排排的香料瓶，里面的香料都是如法炮制，而要想再收获就要等到明年。森冈直子说：“我在城市里生活不下去，我喜欢住在有水源的地方，并且这条河流一直有水，难道这不是很富有吗？”当然很富有，但问题是，如果全人类都这样生活，那自然资源一定不够。

东京麻布小茶馆，浅野忠信拜访茶道师。即使像浅野忠信这种大牌演员对茶道也需要学习和被指导，他像我们一样对于茶道的各种规矩和要求不知所措。茶道师说，不需要特别的，只像平时一样夸赞好喝或者好苦就行。茶道师根据浅野忠信对山的喜好来引领他欣赏茶。茶道师在墙上挂着“青山绿水”的书法，茶道和插花、季节、山水、大自然紧密相连，喝茶的人只要体会和享受就可以了。茶道师提供的点心也是专门为浅野忠信设计的，一粒像汤圆一样大小的和果子，里面是红豆色的甜心，中间是绿色、外面是浅紫色的糯米，也是青山绿水的象征。喝茶前要先吃甜点，这样才能打开整个口腔里的味觉去体会茶的滋味。与其说日本的茶道馆是喝茶的地方，不如说那是一个心理理疗室和修身养性的临时驿站。

“没有比吃更精彩、更让人愉快的事了，这是人生最大的乐趣。”这话出自一位 90 岁高龄的僧人，会不会有点奇怪？在我们印象中僧人理应平淡地对待感官的欢愉，但 90 岁的住持池上说，吃，不仅要用嘴，还要用鼻子、眼睛、耳朵、触觉，夏天听到刨冰沙沙沙的声音、厨房里飘出的香味、用手摸甜瓜的触觉都能使我们感觉到食物的美妙，使我们对每一粒米都充满感激，永远不浪费食物，这样可以使我们过一种有活力的生活。而寺庙就是妈妈的乳房，给我们乳汁的供养。

反正在星星、月亮与太阳之间的我们注定要吃某些东西才能生存下去，那就让这些给我们活力的食物和我们一起前行吧。

片名：海街日记

导演：是枝裕和

编剧：是枝裕和，吉田秋生

主演：绫濑遥，长泽雅美，夏帆，广濑铃，大竹忍

类型：剧情 / 家庭

制片国家 / 地区：日本

语言：日语

上映日期：2015-05-14（戛纳电影节）
2015-06-13（日本）

围桌而餐

食物：天妇罗

口味：酥脆甜咸

做法：禽类肉、鱼虾或者时令蔬菜裹浆油炸成金黄色

《海街日记》，2015 年的电影，与《小森林》一起被森女们追捧。电影开始是幸子、佳乃、千佳三姐妹接到父亲去世的消息，去参加父亲的葬礼——虽然她们和父亲已经 15 年没有见面了，但还是去了。嗯，电影开始就有点复杂，葬礼上父亲的妻子不是她们的母亲，也不是另一个同父异母妹妹铃子的妈妈。这个从未在镜头里出现的父亲是一个多情的人。

毕竟有血缘存在，大姐幸子察觉到了铃子的艰难处境，在临别的时候说，铃子可以和我们一起生活。因为三个姐姐都工作了，可以养活铃子。就这样，姐妹四个住在了一起——古都镰仓市海街的老房子里。

铃子说，镰仓的家像女生宿舍，幸子是舍长。电影说的就是这个夏天，四姐妹的生活，谈恋爱、工作、学习和球赛（铃子喜欢踢足球）。其中很多做菜、吃饭的情节。

天妇罗是油炸食品，日式料理的一类，用面粉、鸡蛋与水和成浆，将禽类肉、鱼虾或者时令蔬菜裹浆油炸成金黄色，吃的时候蘸酱油和萝卜泥调成的汁。如果说去油炸店，起码减肥的女生会回避吧？但如果说去吃天妇罗吧，大家就很欢欣，好像忘记了天妇罗也是油炸食品，好名字岂止对人来说重要，就是食物也同样如此。

铃子到镰仓的第一餐，要的便是藕片天妇罗。鲜藕去皮切片用盐水浸泡，低筋粉和鸡蛋加水混合成稀薄像浓米汤样的浆，藕片先蘸干面粉再裹浆放油锅里油炸，炸成浅金黄色捞出，晾凉，再重新放入油锅炸至金黄色，捞出。酱汁是白萝卜去皮捣成泥，加入生抽。藕片天妇罗是适合夏天吃的一款菜式，外面香酥，里面清脆，刚吃的时候有咔咔的脆感，细嚼下来就会出现藕片淀粉的细腻感觉。但是如果不炸第二遍，外面的皮就会软塌塌的，如果不用低筋粉，也不会特别酥脆。

面浆是做好天妇罗的关键之一，做好天妇罗的另外一个关键便是油温。好消息是如果你偏爱此味，有专门的天妇罗炸锅，上面有温度计和滤油网，控温不是问题，炸好的天妇罗放在锅盖上的滤油网上，油炸二遍的时候不用倒来倒去。家用的话，油炸一遍也不用把油倒掉，下一次还可以再用，油不要倒出锅，放着就行。这个天妇罗锅当然还可以炸油条、糯米糕、锅包肉等其他油炸食品。

与欧美美食片做菜地点多是在饭店的大厨房不同，日片中的很多做菜场景是在家里的厨房。居家厨房更接近生活，不论食材还是口味，我们多能接受。《海街日记》中出现过名称的食物有炸竹荚鱼、藕片天妇罗、荞麦面、小沙丁鱼盖饭、海鲜盖饭、红豆荻饼、土豆沙拉、淡腌菜、自酿梅子酒等等。

姐妹几个常去海猫食堂吃炸竹荚鱼。本来是老板中午做给自己吃的，但客人也要，老板就把这个菜做给大家，后来却成了招牌菜。竹荚鱼是鲭鱼，我国也很常见，多数超市有卖。四五寸长的鲭鱼，收拾干净，用盐和胡椒稍微腌制，裹上面粉和鸡蛋糊浆，放油锅中炸，也是炸两遍。

油炸食品分软炸和酥炸，软炸食品油炸一遍，酥脆的油炸食品要炸两遍。很多人自己在家里做油炸食品总是不酥脆，原因就是没有炸两遍。

幸子说海鲜盖饭是妈妈第一次也是最后一次教她做的饭，因为母亲不喜欢做饭，而海鲜不用煮很长时间，所以常做这个吃。铃子则记得小沙丁鱼盖饭是爸爸带她常吃的。这就是她们的“妈妈的味道”和“爸爸的味道”。她们说的妈妈味道，已经不是从小天天吃、年年吃所形成的味觉习惯，而是短暂的口味记忆。

铃子还喜欢吃红豆荻饼。红豆荻饼是糯米饭团外面滚上一层红豆沙，和红豆沙包在糯米皮里的汤圆相反，豆沙是滚在外面的。荻饼的外皮还可以是绿豆、抹茶、巧克力等等，口味有甜有咸。

人与人之间沟通的最好方式便是同吃共喝，美食几乎是可以俘虏任何人的武器，在镰仓的这个女生宿舍，让同父异母的四姐妹团结在一起的便是围桌而餐。

片名：过年

导演：黄健中

编剧：姜一

主演：赵丽蓉，葛优，梁天，李保田，丁嘉丽

类型：剧情 / 家庭

制片国家 / 地区：中国

语言：汉语普通话

上映日期：1991-02-12

春节家宴

食物：酥黄菜

口味：酥脆、甜香

做法：蛋液摊成蛋饼，折成双层，切成小菱形块，蘸糊油炸，然后挂糖浆

电影《过年》的主演赵丽蓉已经去世多年了，因为那个电影我得以认识她的才华，那时六小龄童还年轻，梁天还很瘦。那桌子精心准备的年夜饭给掀翻在地，那么多好吃的，可惜了。那桌子菜也曾是我们的年夜饭。

很多年以后，记忆把两个场景拼接成一个，那应该是20世纪70年代中末期。我和小哥哥把厨房的大门打开，双开的两扇门通向院子，门是像电影里有一根横着的门闩的那种。小哥倚着一扇门，我倚着一扇门，院子里一根高高的樟子松树杆上挑着的红灯笼便把弱弱的红色照进来。房子和院子是东北的爷爷家的，灯笼杆是内蒙古的姥姥家的。现在都动迁了，变成高楼林立的居民小区。

小弟走在大哥的前面，打着玻璃灯笼照亮，大哥手擎着一张巨大的盖帘，盖帘上是摆成图案的饺子，稍微倾斜一下才能出去。盖帘放在院子里仓房的房顶，冻上，大年三十夜里煮的饺子就是这个盖帘上的。像《过年》一样，什么东西都是放在外面冻着的，但不会埋在院子的雪堆里，一是怕偷，二是怕有耗子、猫、狗扒出来。

房子是爷爷家的平房，原来是个大四合院，后来住了二三十户人家，但爷爷家留有几间，院子也格成了小院子。那时过年，爷爷奶奶大伯爸爸尚在，妈妈还年轻，我和弟弟尚小；大伯时不时地犯一下精神病，大娘早已去世，五个堂哥哥姐姐都没成婚。就是这样一家人，凑到一起有十几口，有时候也有远方的亲戚加入，那都是我们欢迎的。现在爷爷奶奶大伯爸爸都已经去世多年，前几年，和我一起负责倚门的小哥也去世了，成为我们兄弟姐妹中最先走的。

把饺子拿出去冻上的时候多半是晚上七八点钟。因为家里人多，夜里现包饺子怕手忙脚乱。十点多钟的时候，爷爷就会下厨，有几个菜是他亲自做的，其他的菜由大哥二哥做。爷爷做菜很好吃，但现在想来不过是因为那时候食物的匮乏而造成的好美味的感觉。只要是膏油浓厚的菜都是好吃的，只要好吃的菜数量够多，就是过年。

先是汆羊肉丸子汤。高大胖壮的爷爷坐在一个厚牛皮带勒成的大马扎上，腿上放着一盆羊肉糜，搅得很黏稠，弹力十足的感觉。爷爷用左手抓起一团肉糜，用拇指和其他手指环成圆圈，挤出一粒大大的肉丸，右手用一个汤勺把这粒肉丸子刮下来放进滚开的汤锅里，汤有牛奶一样的白色，估计是羊骨头熬制的。羊肉丸子盛上一碗，大汤勺舀出羊汤浇在上面，再弹些胡椒粉在上面。哇！现在想来也是香浓得要死。小孩子的口味就培养出来了，以后再喝什么羊汤都会有参照的味觉从记忆深处跑出来——看看谁来踢场子了。

这个羊肉丸子汤是不上桌的，爷爷一边做一边给我们七八个大大小小的孩子每人盛一碗，各自捧走吃去。这样一碗还可以添加的羊肉丸子汤解馋、垫底，等到半夜吃年夜饭的时候孩子们对着满桌的菜就不会有馋相了，能耐心地听爷爷教导、有顺序地磕头、规规矩矩地领压岁钱，吃相也会比较斯文。

印象深刻的是酥黄菜，《过年》里的年夜饭桌有一盘类似的菜。此菜为北方菜，从鲁菜繁衍过来的。小孩喜欢，口味酥、脆、甜。鸡蛋摊成蛋饼，折成双层，切成小菱形块，蘸糊油炸，然后挂糖浆，挂糖浆和挂浆地瓜之类的菜是一个做法。出锅的时候会引起一阵小的欢呼，此菜是最后一道上桌菜，要趁热现吃，大家比着谁拉的糖丝长，然后那些糖丝就飘在了其他的菜上，大瓦数的白炽灯照耀下，整桌菜都亮晶晶的，特别有节日的感觉。

爷爷笑呵呵地坐在八仙桌的正位，奶奶端庄地坐在爷爷的身边；大伯和堂哥堂姐坐在爷爷的左手边依次排下来，吃好镇静剂的大伯也比较安静；爸爸妈妈和我们姐弟坐在右边依次排下。爷爷对面是哥哥姐姐中的两三个，来回端吃的、拿东西什么的。所谓团圆饭，其实是团坐在桌边高兴地吃年夜饭。

其他的菜，诸如整条的红烧鱼、整碗的厚厚实实颤颤巍巍的东坡肉、浓郁的酱猪肝及其他猪内脏、透亮的皮冻、简易鲜艳的葡萄酒、果汁露和绝对不可能是假酒的白酒……都刻进了记忆的硬盘，变成了轰轰烈烈的春节家宴画面。现在再吃什么，眼口鼻舌都没有惊艳，顶多是主观上的“哦，没吃过的，尝一下”而已。

片名：给鲍比·朗的情歌

导演：珊妮·盖博

编剧：
Ronald Everett Capps，珊妮·盖博

主演：
约翰·特拉沃尔塔，斯嘉丽·约翰逊，盖布瑞·马赫特，黛博拉·卡拉·安格，Dane Rhodes

类型：剧情

制片国家/地区：美国

语言：英语

上映日期：
2004-10-08

来一扎啤

酒名：啤酒
口味：微苦与……
制造：啤酒生产线

鲍比·朗一出场，西服、礼帽、白发，手拎一瓶酒，一脚穿皮鞋，另一脚穿凉鞋，深一脚浅一脚地走在小镇上，街道、山坡、铁路、商店、公寓、独家小院、公园、墓地……那是约翰·特拉沃尔塔，落魄美和病态浪漫交织的身影。我一直喜欢《给鲍比·朗的情歌》这部影片。那时，斯嘉丽·约翰逊才20岁，《马语者》中一个失去了一条腿的女孩、《戴珍珠耳环的少女》中的少女仿佛刚刚散场，现在该女早已成为熟女。蓝天白云的新奥尔良小镇，鲍比每天与啤酒为伴。

哈尔滨的中央大街在夏天是一条美好的街道，从头道街到十二道街多个街口有小乐队演奏，马迭尔宾馆的二楼阳台也成为一个小舞台，来自世界各地的爵士、流行乐歌手夜夜弹唱。六道街有露天啤酒场，卡座里热闹非凡，整条街弥漫着羊肉串、麻辣烫、烤红肠的气味。服务员在桌椅和人群的缝隙里穿梭，送啤酒和小吃，动作冲撞，跌跌绊绊。在炎热的夏季，逛街累了的人找一个地方坐下，要一杯冰凉的啤酒，第一口是一定要大口喝下去的，二氧化碳气泡在嘴里形成密集而清冽的小爆炸，头顶像出现了清凉的光，明亮而爽朗。

与红酒的复杂喝法相比，啤酒喝起来相对随意，味道也单纯。不像红酒能喝出什么湿的皮革、受潮的毛毯、黄鼠狼、野兔的肚子、老地毯、复古袜子等等奇怪的味道。还有人用音乐来形容葡萄酒，比如《拉赫马尼诺夫第二号交响曲》的最后乐章等，如果非要用音乐来形容啤酒，或者村上春树能在爵士和蓝调里找得到什么曲子来和啤酒搭对。

啤酒主要有大麦的糊香和啤酒花的苦香，而人们很少能从中体会出玉米、大米、小麦、淀粉、糖浆等形成的细致区别，更不要说区分此酒是两棱大麦还是六棱大麦酿制的。啤酒不是用来品的，而是用来喝和解渴的。形容好的啤酒可以用清澈、清醇、清爽、清淡、质朴、爽口、微苦等词；而粗涩、苦味、不正等是说坏啤酒的。我评价啤酒，好喝的就叫好喝的，不好喝的叫“骚了吧唧”的。啤酒的“骚味”来自啤酒酿制过程中产生的氧化味、双乙酰味、酵母味。啤酒原来是大麦、小麦等谷物发酵酿出的低度酒，与其说是酒，还不如说是饮料。所以鲍比·朗能用啤酒把自己喝出酒瘾来，那啤酒一定有劲。

啤酒花在实践中被发现可以增加啤酒的苦香。人们最初想要的也不是苦味，虽然啤酒独特的苦味和苦香是现在人们迷恋啤酒的原因之一，当初人们往啤酒里放啤酒花的主要原因是啤酒花具有防腐和澄清麦芽汁的能力。德国的啤酒一直为人们所喜爱和称道是因为一直坚持使用啤酒花，要想知道啤酒是如何酿成的，有一部纪录片不失有趣——《啤酒是如何酿成的》。

有一年去慕尼黑，正好赶上慕尼黑啤酒节，满街摆着桌椅，坐满了来自世界各地狂饮的人们。在酒馆的露天座里坐下，要一杯黑啤，胖壮的酒杯里黑啤焦黑的颜色看上去十分适合安慰有些肿胀的脚，一口下去，沁凉的感觉和焦煳的麦香上顶脑门下抵胃脘。就算不会喝酒，我的味觉也告诉我，除了哈尔滨啤酒，没有任何一个国家的啤酒能和慕尼黑的啤酒媲美，尽管我刚刚喝过荷兰的喜力。

旁边有一帮说法语的男孩女孩，他们唧唧呱呱地边喝边笑，那些年轻人苗条细瘦的身材其实和啤酒不大搭配，我认为旁边高大胖壮的大汉和啤酒最搭。一个脸色绯红的胖女孩过来，拿一张写着汉字的卡片，问我有没有中国邮票，遗憾的是现在出门哪有带邮票的？她粉嫩的脸蛋上一层金色的绒毛，很害羞地和我说再见。

与其说喝啤酒的人宽容，不如说是啤酒有随和的脾性。啤酒不像白酒那么容易让人醉，也没有红酒和香槟那么矫情，聚会的场合里能够一浪接一浪地把情绪推向高潮。啤酒也不是不能像鲍比·朗那样独饮，但是需要热闹事件烘托的，比如世界杯足球赛期间，买一堆熟食和啤酒，起五更爬半夜、倒时差地看比赛，没有啤酒，足球算什么呀？没有足球，半夜里喝啤酒算怎么回事啊？

《来自星星的你》把炸鸡和啤酒整成了标配，其实啤酒和烤红肠、盐花生、拍黄瓜、鸡丝卷、豆腐丝、酱猪耳朵才是原班人马。夏夜，席地而坐，摆上啤酒全家班，边吃边喝边看韩剧日剧，累了，卧席而睡，夜短昼长，怎么就天亮了呢？

片名：蒙古精神

导演：尼基塔·米哈尔科夫

编剧：尼基塔·米哈尔科夫，鲁斯塔姆·伊布拉吉姆别科夫

主演：Badema，Bayaertu，弗拉基米尔·戈斯丘辛

类型：剧情

制片国家 / 地区：法国 / 苏联

语言：蒙古语 / 俄语 / 汉语普通话

上映日期：1991-09-01

星空下的奶茶

饮品：奶茶

口味：香浓细腻

做法：牛奶、红茶、炒米加水一起煮，边煮边扬

总能够婉转地感受到血液里逐水草而居的成分，提醒这一点点缥缈感觉的东西是每天早晨的一锅奶茶。先生每次看我用勺子扬起奶茶，在空中形成一条弧线的时候总说，你的确来自草原。

这个时候我总会想起电影《蒙古精神》中的妈妈做奶茶的场景。一个蒙古包里中间是铁炉，铁炉上是一口大大的白铁锅，妈妈手持长柄铁勺，把奶茶高高扬起。这锅奶茶煮好了，一家人要喝一天的。

我是尼基塔·米哈尔科夫的粉丝，追星多年，从看到他用零碎胶片给女儿拍的纪录片《安娜》开始，我就一直极力搜寻他的影片。他曾外祖父是俄罗斯画家苏里柯科夫，《女贵族莫洛卓娃》是我喜欢的，《青年近卫军临刑的早晨》也极具震撼力；其父是苏联国歌歌词作者，其兄安德烈·冈察洛夫斯基先于他因导演而出名，2016年年底，冈察洛夫斯基导演的马林斯基大剧院的歌剧《战争与和平》在哈尔滨大剧院上演。米哈尔科夫的《西伯利亚理发师》《烈日灼人》等在国内非常有名，他在《蒙古精神》一片中表现的蒙古精神也是我认为准确和贴切的。

奶茶，我国内蒙古、新疆、西藏的主要饮品，在蒙古、印度、土耳其、新加坡、马来西亚等地亦是生活中不可或缺的饮料。就一种饮料来讲，其实和所有食物一样，人们会就地取食材，有什么用什么。就像我做的蒙古族奶茶，原来是牛奶（羊奶、马奶、骆驼奶）＋红茶砖＋炒米＋盐（糖），但是城里很少能买到羊奶、马奶、驼奶，所以我只用牛奶，茶则很乱，几乎没有用过红茶砖，多是买便宜的红茶，也用过很高级的红茶，做奶茶有点暴殄。

不锈钢茶盒是个好东西，用它省去了过滤的麻烦。茶盒里装半满红茶，扔进水中，煮出茶色，放入炒米，水开了以后加牛奶，边煮边扬，这个扬奶茶的过程很重要，像印度、马来西亚、新加坡等地的拉茶一样，是为了让茶和奶充分融合，从而产生细腻的口感。表妹问我为什么要扬奶茶，我说可能会使茶里的茶碱和牛奶中的蛋白质相结合吧，蛋白质遇碱和酸会分解成氨基酸，氨基酸相对于蛋白质更容易吸收，分子链更短，所以口味上也更幼滑一些。我艰难地用残存在记忆中的化学知识和表妹连蒙带猜。还有往奶茶里加柠檬汁的，也会产生这种口感，大概也是这个意思。

奶茶的基本款当然是奶+茶，由这两样衍生出更多的品种，比如继续往其中加炒米、奶油、酥油、椰汁、各种水果粒、咖啡，甚至胡椒、月桂、酒以及辣椒等等。我想不论加什么，都和当地的饮食习惯有关。

英式奶茶中规中矩，立顿红茶加牛奶和糖，没有什么想象力；椰汁奶茶估计是海南那边的；台湾的奶茶加水果多；再比如土耳其，什么食物都喜欢加胡椒和月桂，就算不加月桂粉，也要用月桂棒搅搅。从土耳其回来的同事说，简直没法忍受。香港的丝袜奶茶绝不是加进了丝袜，而是因为过滤茶叶的滤网用久了就会有像丝袜一样暗沉的颜色，所以把奶茶叫作丝袜奶茶。像香港脚一样，丝袜奶茶给我的联想并不好。而我对奶茶里再加咖啡也有些不理解，奶或者加茶，或者加咖啡，不可得兼，总觉得这款奶茶或者奶咖有点像暴发户发明的。

奶茶与饼是绝配，但这种饼是在蒙语里叫作“贝子”的硬发面烤饼，加一点盐，也有卷甜味或者咸味奶渣烤制的，奶渣贝子更加美味。像英式下午茶和松饼一样，贝子和奶茶非常般配，但贝子和奶茶是牧民的口粮和水，不像下午茶那样是优雅的点缀。蒙古导演戴娃拍摄的《哭泣的骆驼》中小兄弟俩在路上吃的饼即是贝子。

有一年 10 月去希拉穆仁草原，住草原上的蒙古包，蒙古包是改良的，水泥地面，有卫生间和淋浴，但仍然四面漏风，白天还好，晚上冻人。外面的冷风里，一堆篝火熊熊地燃烧，牧人家的孩子改做旅游业了，在唱歌跳舞，哪个嗓子都不比腾格尔、斯琴格日乐差。他们的歌曲真多，一首接一首，他们的嗓子真好，那么广阔的草原和星空都不能把他们的歌声吸进夜的深处。

走出毡房，站在外面的风里看蒙古族男孩女孩幸福地唱歌，就是冷，那种来自四面八方的巨大的冷直接把人透透地冷冻。这时，一个女孩拎着一个暖瓶和杯子过来，问要奶茶吗？那女孩简直像抱着奶瓶走过伤兵的张爱玲，我就是那呻吟痛苦的伤兵，而这个女孩绝不冷酷地走过。一口滚热的奶茶从喉咙落进胃里，四肢和头皮跟着舒展开来。希拉穆仁草原的夜立即变得美好，星空灿烂，我不像海子站在德令哈时两手空空，不想人类，希拉穆仁的草原因为一杯奶茶变得温暖、抒情。

第二辑

宫崎骏的小吃小喝

老鼠上菜

食物：普罗旺斯焖菜

口味：安慰

做法：南瓜、茄子、青椒、西红柿等用橄榄油、黄油先炒后烤

片名：美食总动员

导演：布拉德·伯德，简·皮克瓦

编剧：布拉德·伯德，简·皮克瓦

主演：帕顿·奥斯瓦尔特，彼得·奥图尔，布拉德·加内特，伊安·霍姆，卢·罗曼诺

类型：
喜剧 / 动画 / 奇幻

制片国家 / 地区：
美国

语言：英语 / 法语

上映日期：
2007-10-19（中国）
2007-06-29（美国）

一直以为西餐里的素菜也是比较荤的，因为即使是素菜也大多离不开黄油、奶酪，更离不开洋葱、蒜。洋葱、葱、蒜等都属于荤菜。

《美食总动员》（也译《料理鼠王》，英文名为*Ratatouille*，“ratatouille”意思是炖菜、焖菜，法国南部的一种菜式）刚上院线的时候就去电影院看了，最后感动美食评论家的那道普罗旺斯焖菜是后来才做的。喜欢其中的大厨老鼠小米，因为这只老鼠和我名字中都有个“米”字，所以我们是米字辈的，和米字辈的小米学做菜没有障碍，一切都顺顺当当，包括临时想起来的放点番茄酱都在一片忙乱之中从容不迫。

焖菜，因为用烤箱，有种特别的味道，和炖菜不同，不用放水，烤出来也没有水汤汤的感觉。蔬菜、橄榄油、黄油和奶酪产生的气味散发出来，让厨房一切都是静静的、安详的，暗香浮动……

南瓜、茄子、青椒切块，洋葱切丝，小西红柿对切，蒜切碎。热锅起油，橄榄油两勺，黄油一小块，黄油融化后炒蒜碎和洋葱丝，放茄子、青椒块再炒，然后放西红柿和西红柿酱两勺，加盐，稍微翻一下倒入烤盘，奶酪刨丝撒在上面，放进烤箱烤，一会儿香味就旖旎着出来了。

现在烹饪分两派，一派是低温慢煮，一派是热油快烹。按照热油快烹派做法，这道菜在炒的阶段其实已经完成了，加上45分钟的烤制好像没有必要，但这段时间其实是入味的最佳时段，也是让南瓜变得软绵的必要时间。另外，不大习惯吃烤蔬菜的我们，这道菜从味觉上来说也比较新奇。此菜虽然有洋葱蒜的荤味，但烤出来以后还算清淡可人，我觉得是南瓜在起作用，南瓜吸味，而奶酪和黄油的作用也不可小觑，因为它们使得洋葱和蒜也变得比较安详。

对于西餐中的蔬菜烩菜印象最先来自梅丽尔·斯特里普和伊斯特伍德演的《廊桥遗梦》。弗朗西斯卡在炎热的夏日午后做了一个蔬菜烩菜，有胡萝卜、白萝卜、防风菜根、土豆等，也是有洋葱的。先用植物油把这些菜的一半煮成浅棕色，用面粉拌匀，再把另一半放进去，文火炖 40 分钟。弗朗西斯卡，一个乡村家庭妇女遭遇了婚外情的甜蜜、激情和危机，用这样一款清淡菜式预示着这不仅仅是情欲，更有爱情和责任。

《美食总动员》中，美食评论家被小米做的这道菜感动得想起了乡下的妈妈，那是儿时的黄昏，在外玩累的男孩听到妈妈喊吃晚饭的召唤。玩累的孩子，食欲最盛，吃饭最香。但成年了，工作又是当吃货，当然累，当然不以为然，当然挑剔。能够打动他的只有妈妈的菜，妈妈菜才是撒手锏啊。

我喜欢皮克斯工作的方式，在电影中，动画大师们创造出了超过 270 种食物的样子。而这些食物的原型都被摆放在真正的厨房里供大师们参考，被临摹完以后则进了大师们的肚子里。

开过饭店的一个朋友说，不要说大饭店，就是一般般的小店，荤素凉热都算上，只 20 多个菜也要有几十种食材来配。要是那种大饭店，没有百十来种东西开不下去。

片名：千与千寻

导演：宫崎骏

编剧：宫崎骏

主演：
柊瑠美，入野自由，夏木真理，菅原文太，内藤刚志

类型：
剧情 / 动画 / 奇幻

制片国家 / 地区：
日本

语言：日语

上映日期：
2001-07-20（日本）

小千的盛宴

食物：照烧鸡

口味：烤香

做法：鸡用照烧汁腌制，烤箱烤制

宫崎骏动画片里表现食物和吃饭的场景比比皆是，既有简单的零食、早餐、晚饭、下午茶等等，也有豪华的盛宴，其中《千与千寻》中的食物表现场景尤其盛大、震撼。

《千与千寻》开场不久，画面就被一整条街的食物充满。千寻是一个10岁的女孩，跟着父母出行的路上，走进了一个神秘的镇子。镇子里没人，街两侧是一家挨着一家的“谁もいない料理店”（无人料理店），所有饭店里都有堆成山的食物，食物多成那样让人感到罪恶和担忧。千寻的爸爸妈妈在无人料理店里无忧无虑地大吃起来，果真变成了小镇里的猪，千寻勇敢地留下来拯救爸爸妈妈。那整条街的食物，真的真的是电影中的电影、梦幻中的梦幻啊。

一家店的台面上有一排大盘子，盘子有洗衣盆的盆底大了吧？上面堆着小山一样的烤鸡、香肠、肉卷、巨大的鱼头……鸡看上去和中国的烧鸡差不多，找来日式食谱，有照烧鸡的图片，看上去和片子里的差不多。我理解的照烧不过是日式烧烤，一般来说照烧是指烧烤肉类的过程中，外层涂抹大量酱油、糖水、大蒜、姜与清酒。我用鸡腿肉试验了一下，日本带回来的照烧酱抹在去骨鸡腿上腌制。烤箱预热，200度，上下火，腌好的鸡腿放在烤架上，烤盘用锡纸铺好放底层接油。大鸡腿适当延长时间，小鸡腿15钟左右就差不多了。如果是鸽子也可以不去骨，细的地方（脖子、腿脚）用锡纸包一下免得烤煳，其余照旧，就是日式照烧鸽子。好多菜看上去好像怎么样了似的，其实，不过是换调味料和烧制方式，多数食物到了哪里，品性就跟从哪里的习惯。

《千与千寻》另一场食物的盛宴是由无脸男引起的。无脸男是一个寂寞得要死的形象，小千以为他是澡堂的客人，让他进来避雨。

像极度渴望被爱的人类一样，得到了一点点关爱就感动得不得了，无脸男对小千的喜爱油然而生。能够点石为金的无脸男在澡堂里用石子变出来的金子诱惑汤屋里的员工，让他们不停地给他送吃的东西，由于吃了人，他还有了讲话的能力。

那一夜，汤屋主人汤婆婆没有被惊醒，整个汤屋都沸腾了，汤屋里的奴隶们为了他的金子，高举着巨大的食盘源源不断地送给无脸男食物——整个的猪头、牛头、鱼头，半人身体大的鱼、整条的火腿、摞得不能再高的蒸笼包、整扇的排骨……

无脸男即使无限地吃下去还是不能解决内心的寂寞，暴食症患者的心理问题并不能通过吃来解决，宫崎骏通过极具象征意义的无脸男告诉我们，通过食物来解决内心问题是徒劳的。

即使是用批判的眼光来看那些食物，我们也禁不住诱惑啊。看着那些男男女女高举的食盘，我猜测其中的烤肉卷大概和德式烤肉卷比较像。烤肉卷和香芹、生菜、西红柿、土豆泥、洋葱混合的蔬菜沙拉或者再加一个水果的沙拉搭配，是很不错的一餐，烤肉卷是无脸男的挚爱。等到和小千一起乘坐海底电车时，无脸男吐掉了吃进去的一切，包括人，又失去讲话的功能，变成了一个透明的黑色影子，单薄、轻盈、安静、寂寞地和小千并列而坐。

毕竟宫崎骏的创作初衷是给 10 岁左右的孩子看的动画片，所以里面也有坐在巧克力和糖果堆里的假坊宝宝大吃特吃的画面，那种冲击力不亚于《查理和巧克力工厂》里由巧克力构建的世界。

小千带着无脸男、变成小老鼠的坊宝宝和小乌鸦去钱婆婆那里寻求帮助，钱婆婆招待他们的是典型的英式餐，转盘上的蛋糕、碟子里的小饼干、糖罐里的方糖和茶……沼底的乡村，宁静的黑夜，温暖的食物。无脸男面前的蛋糕只是一块小小的三角，曾经那么贪吃的他，此时却是如此内敛而节制，小千面前则是一杯红茶。

一场大宴过后总会有风平浪静，小龙给小千的饭团、小玲和小千在房里吃的豆沙包、小煤球的金平糖果等简单的食物反而让人放心。

片名：借东西的小人阿莉埃蒂

导演：米林宏昌

编剧：宫崎骏，玛丽·诺顿，丹羽圭子

主演：
志田未来，神木隆之介，三浦友和，树木希林，大竹忍

类型：
动画 / 奇幻 / 冒险

制片国家 / 地区：
日本

语言：日语

上映日期：
2010-07-17（日本）
2012-02-17（美国）

宫崎骏的小吃小喝

饮品：紫苏冰饮

口味：冰甜

做法：紫苏叶、蜂蜜、冰块、水混合，打碎机打碎过滤

那个夏季，我像温水中的青蛙，感到热度逐渐上来，那种濒临死亡的热。把宫崎骏的片子翻出来，用他的花朵、植物、海水、云彩的清凉色彩降温，像澳洲茶树精油，风凉啊。但是，看着看着，便忘记了防暑降温，只剩下了对食物的关注。

紫苏冰饮。跟《借东西的小人阿莉埃蒂》中的妈妈学了一款清凉饮料：紫苏叶、糖、冰块、水放入打碎机中打碎。紫苏在我的食谱中一直和肉类联系在一起。今年春天种的薄荷、薰衣草、鼠尾草等都没有长出来，只有紫苏长了几棵，移栽成功，所以也只好做这个紫苏冰饮了。春天的时候攒了一点玫瑰花苞，拿出来，加蜂蜜和冰块如法炮制的玫瑰冰饮也不错。阿莉埃蒂的妈妈举着那枚紫苏叶说，够我们一年用的了。看看花盆里的几棵紫苏，我可以成为小人王国紫苏供货商了。阿莉埃蒂的妈妈做的茶也是不错的，让人类世界的奶奶赞叹，颜色是绿的，有点像羹，也可能是抹茶。《猫的报恩》中，猫爵士佛贝鲁·冯·吉金肯最擅长做茶，招待小春的时候说，每次的味道都是不同的。最后从猫王国逃跑出来的小春也学会了给妈妈上茶的时候说：“每一次都是不同的味道哦。”

流星火煎蛋。煎蛋在宫崎骏片中出现频次较高。《哈尔的移动城堡》中哈尔的声优是木村拓哉，不仅声音是木村拓哉的，我看连形象都有点类似。哈尔控制着流星火之恶魔卡西法来煎火腿和鸡蛋，卡西法的火苗在哈尔的控制下跳跃舔舐平底锅，六只煎蛋和三片火腿同时煎好，吃得马鲁克和变成了老太婆的苏菲高高兴兴。

宫崎骏对煎蛋情有独钟，《虞美人盛开的山坡》中，16 岁的高中生松崎海每天要做出 6 到 8 人份的早晚餐，早餐是煎蛋配生菜，长条桌上摆好早餐，绿叶上的黄白色煎蛋，也是日式形象美的典范。而《魔女宅急便》中的琪琪更是以“只有鸡蛋”来威胁小黑猫吉吉。在《借东西的小人阿莉埃蒂》中，煎蛋虽然是阿莉埃蒂一家逃亡路上的加油器，也只不过是一滴在火上烤好的蛋液。还有《风之谷》《天空之城》《猫的报恩》等片中都有煎蛋出现。通过宫崎骏的动画片我悄悄地猜测，或许宫崎骏的早餐也是一枚煎蛋、一片生菜叶、一片面包和一杯茶哦。

魔女面包。宫崎骏最大的面包盛宴应该是《魔女宅急便》，小魔女琪琪的魔力来自遗传，魔女到了 13 岁就离开家，找一个适合自己的城市生活一年。琪琪找到了一个海边城市，落脚在真好吃面包店，老板娘索娜让琪琪住在她的阁楼里，琪琪除了会飞行别无所长，所以做起了快递的工作，在没有快递活儿的时候，帮助索娜和她的丈夫打理面包店。

真好吃面包店一出场就打动了我，不论什么形状的面包都圆鼓鼓的，索娜的丈夫手举托盘，要把戏一样把面包放入烤炉。谁说二次元动画食物不会勾出人的食欲，看到那些面包没一个不咽口水的。琪琪的晚餐也是一块面包、一瓶牛奶和一枚煎蛋，小猫吉吉的则是一块面包和一块奶酪。忘了说了，琪琪初次落地，没有住处、没有工作、没有朋友时，坐在街边的台阶上，打开包布，里面是一块从家里带出来的面包，琪琪却吃不下。黑猫吉吉说饿了，琪琪说你吃吧，小女孩和小黑猫相依为命，场面看上去有点凄凉。

《天空之城》中，面包出现的频率也比较高。海盗婆婆和她的一干海盗们吃的主食就是面包，看上去是那种又大又硬的俄式列巴。海盗大面包的反义词是阿莉埃蒂面包，超级小的，网上看到有人复制出超级小的能食用的汉堡，只有指甲大小，但对于阿莉埃蒂来说也应该是巨无霸了吧。

银鱼南瓜派。西点在宫崎骏的片中随处可见，《魔女宅急便》中，老夫人给孙女做的银鱼南瓜派，是在琪琪的帮助下用明火烤炉烤制的。我猜测这款派应该是在表皮上放南瓜泥和银鱼烤制的。查了一下银鱼，是一种透明的、最大为 10 厘米长的小鱼，银鳕鱼则是一种很名贵的叫作裸盖鱼的鱼，看影片上的鱼很像鳕鱼。我想，这个派成功的关键应该是对鱼的处理——怎么把鱼处理得没有腥味，使鱼和南瓜、派皮很好地融合。老夫人给琪琪做的那款巧克力蛋糕是我会做的，戚风蛋糕或者黑森林蛋糕外面铺巧克力酱，不过，上面用白巧克力画一个骑着扫帚的飞行小魔女有点难度。

日常日食。与其说宫崎骏是比较“崇洋”的，不如说宫崎骏是“日西合璧”的。在宫崎骏的片中，日本的拉面、饭团、沙包、寿司随处可见。《侧耳倾听》中的月岛雯在失意的时候，老爷爷用一碗拉面使她破涕为笑，而《悬崖上的金鱼姬》中的火腿肠方便面也是很好吃的样子。《千与千寻》中，小千和阿美一起吃的沙包，我猜应该是红豆沙的；锅炉爷爷吃的是日本炭烤蝾螈，汤婆婆的众多仆人供给无脸人的供盘上有寿司、蛋卷等等；《龙猫》中小梅和小月一家坐在台阶上吃邻居送来的食物应该是饭团，小梅给家人做的汤应该是味噌汤。

看一部动画，学一款美食。如果以后开店，或许可以开一个主题是宫崎骏动画美食的店。

片名：玛丽和马克思

导演：亚当·艾略特

编剧：亚当·艾略特

主演：托妮·科莱特，菲利普·塞默·霍夫曼，艾瑞克·巴纳，巴瑞·哈姆弗莱斯，贝塔尼·维特莫尔

类型：
剧情/爱情/动画

制片国家/地区：
澳大利亚

语言：
英语/依地语

上映日期：
2009-04-09

巧克力呀

食物：巧克力

口味：香滑、细腻、安慰

做法：生产线

8 岁的玛丽住在墨尔本，有点近视有点胖，额头中间还有块褐色的胎记，喜欢动画片《诺布利特》、甜炼乳和巧克力。玛丽的妈妈不爱她，是个酒鬼；在茶叶包装厂工作的父亲只喜欢制作鸟类标本，也不关注玛丽；邻居有个希腊男孩，是玛丽的暗恋对象。有一天玛丽从邮局的电话簿上撕了一角，上面是住在纽约的马克思先生的地址，玛丽开始给马克思写信，倾诉了很多心事，没想到收到了回信。马克思 44 岁，住在纽约城，犹太人，肥胖、患有自闭症，也喜欢《诺布利特》动画片和巧克力。马克思回信后，二人成了笔友。

玛丽写信诉说同学们嘲笑她额头上的胎记是雨天稀泥，马克思告诉她那是巧克力天使的印记，谁再嘲笑你谁从此就吃不到巧克力了。最初把这对忘年人连接在一起的是玛丽随信寄去的樱桃巧克力棒。巧克力就是有这种本领，让爱它的人成为朋友，听到它、看到它、想到它都会像巴甫洛夫的狗一样，舌底下含了一汪涎液，眼神变得痴痴的，脸上带着迷离的微笑……马克思说，我就想我能掌握所有的巧克力。有时候我也难免有这样的想法。

像品尝红酒一样，享受一颗巧克力是从闻和看开始的，马克思收到玛丽寄来的樱桃巧克力棒，先拿到鼻子底下闻。好巧克力闻起来甘美芳香，看上去泛着柔和的光泽，而细腻的褐色从浅至黑（白巧克力除外），变化万千。接下来把它放入口中，让它在舌尖上化开，然后再让幼滑、细腻、柔润的巧克力溶液扑满口腔。首先到来的感觉是软弱和无助，随后，安慰就会接踵而至，当你深深地、缓慢地咽下第一口巧克力的时候，幸福感就会由口舌传递给胃再经过心而生起，让人只想在细腻、滑润之中不断地沉沦、沉沦……所以缺少关爱的玛丽和自闭的马克思特别容易从巧克力中获得安慰。

15 世纪初期，墨西哥国王喝一种可可粉加水和香料制成的饮料，被西班牙人发现，西班牙人在可可粉中加入水和糖煮开，把这种饮料称作“巧克力”，然后“巧克力”饮料很快传遍了欧洲。大约 19 世纪中叶，固体巧克力在英国出现，就是我们现在吃的巧克力。从皇室到平民，巧克力征服了全世界。

马克思一犯病就狂吃巧克力。即使没病，我也抵挡不住巧克力的诱惑。那时我和阿曼刚刚参加工作，都是单位里的新人，阿曼的爹爹去比利时给我们带回巧克力。那些巧克力可可脂含量高，特别容易融，那时出国带的东西多，巧克力都压成坨了。我们躲在播音室，连带锡纸掰下，小狗一样舔之。领导开门看到我们两腮上糊着巧克力，嘴贴在沾满巧克力的锡纸上，什么都没说就关上了门。我和阿曼相视而笑，直到喘不上气来。那个年纪的女孩容易因为小事而笑起来没完，但谁能说那种愉快不是巧克力带来的呢？

如果巧克力有性别，我觉得它会是女性。无论是它的温柔细腻还是它的浓郁芬芳都具有女人的阴柔、成熟、友爱，所以玛丽孤独的时候寻找巧克力中的母性；马克思发病的时候吃巧克力大概能找到爱的感觉，中了大奖也不过是买了一屋子的巧克力。

与肉类相比，巧克力当然是素的，但与水果蔬菜比起来，巧克力好像有点荤，那点荤便来自可可脂。人类的味觉对于“脂”有着特别的偏好，即使在食素的时候也要多脂才觉得够劲。可可脂含量高的巧克力更像丰乳肥臀的性感女人，看上去养眼，闻起来芬芳，吃到嘴里让人浮想联翩。用巧克力做皮，里面加进各种酒品，这种酒心巧克力更像有很多故事的中年女人，懂得生活和爱情的滋味。巧克力当配角，做成饼干、蛋糕、冰淇淋……甚至月饼、汤圆、饺子、火锅也脱不了巧克力本身的特色，还是一副气定神闲的主角气派。

在隆冬的雪天，可以邀请两位不用说话也能坐上半天的相熟朋友，一壶雪汤生玑珠的乌龙茶，一块融着一层热巧克力的蛋糕，“晚来天欲雪，能饮一杯无”的境界不过如此吧。

假如有一天巧克力死了，不，巧克力当然不会死，只是假如有一天巧克力死了，我想奥登的《葬礼蓝调》，应该是献给巧克力最适合的悼诗：

他曾经是我的东，我的西，我的南，我的北，
我的工作天，我的休息日，
我的正午，我的夜半，我的话语，我的歌吟，
我以为爱可以不朽，我错了。

不再需要星星，把每一颗都摘掉，
把月亮包起，把太阳拆除，
倾泻大海，扫除森林，
因为什么也不会，再有意义。

片名：幸福的面包

导演：三岛有纪子

编剧：三岛有纪子

主演：大泉洋，原田知世，森宽和，光石研，平冈佑太

类型：剧情

制片国家 / 地区：日本

语言：日语

上映日期：2012-01-28（日本）

幸福的软硬兼施

食物：硬皮红豆面包

口味：皮脆芯软

做法：面粉加油、盐、酵母等发酵，包入红豆馅烤制

看日本电影《幸福的面包》，我相中了那个砌在院子里烧木柴的烤炉。理绘与丈夫水缟实在厌倦了城市生活，便逃离了东京，在北海道一个毗邻湖泊的小山丘经营一家名叫 Máni 的面包咖啡店。来往驻足的有失恋的城市女青年、困在北海道的小伙子、失去母亲的沉默小女孩、流浪的歌者、病入膏肓的老妇人和先生，他们在这里上演一幕幕轻悲喜剧。人们在这里休息、疗伤，在面包中找到了慰藉。

上烘焙课的时候，老师讲硬面包、软面包……我一直以为硬面包就是硬的面包，但不是。硬面包是以面粉量作基数计算，糖用量一般不超过 10%，油脂低于 6% 的面包，像俄式列巴、塞衣克（梭形面包）、篮子酸面包、法棍等等，多是三餐中的主食；而各种甜面包多是软面包，添加大量的黄油、糖及干果、水果等等，可以当作点心。

我的老师是一家五星级酒店的面包师，美女，白肤、浅发、高鼻、深目和混色的眼睛，做着做着活儿就把围裙重新捆一捆，女汉子的做派就出来了。老师说：“……等你真懂面包了，你才会欣赏这种最简单的硬面包，面里加点盐，烤的时候表面洒点干面粉，喜欢硬脆皮的就喷一点水再烤。”老师还说，最简单的也是最难做的，硬面包全面考验发酵、揉面、醒发、烤制的水平。丹麦面包怎么做都不会难吃，加那么多的糖、奶油、鸡蛋……想要把它做得难吃也要具备一定水平啊。

简直是人生哲言，越是简单的人生越是艰难，丰富多彩的人生才好过啊。

那一阵我迷上了手工硬面包，和烘友显摆我的新作品，三个硬面包和三个豆沙包，因为是用硬面包胚子包的红豆沙，且有点多，所以豆沙从面包里淌出来，但看上去很有食欲。有烘友追问，如果用软面包的面团包或者少一点豆沙馅就不会有冒出来的现象吗？我想是的。因为硬面包张力大，气体不容易出去，所以豆沙会把薄弱的地方冲开，如果是软面包，面团没有那么大的张力，内部疏松，气体容易跑出，或者豆沙少一点，都不会有此现象。

Máni 被理绘和水缟做成了浪漫温馨之地，快过节了，夫妻两个做了各种面包送给邻居和朋友。特别希望有个像理绘家那样的房子，院子里种花、砌个面包烤炉，我可以像诗人那样歌颂春天的清水，歌颂我做的面包，歌颂幸福的软硬兼施。

吐司

食物：吐司

口味：绵中带韧

做法：面粉加糖加盐加酵母发酵，放入三明治盒子烤

片名：吐司

导演：S.J. 克拉克森

编剧：李·哈尔，奈杰尔·斯莱特

主演：海伦娜·伯翰·卡特，弗莱迪·海默，马修·麦克诺提，奥斯卡·肯尼迪，维多利亚·汉密尔顿

类型：剧情 / 喜剧 / 同性 / 家庭

制片国家 / 地区：英国

语言：英语

上映日期：2010-12-30（英国）

英国影片《吐司》，是英国大厨奈杰尔·斯莱特的传记片，现在去网上还能搜到他的真人视频。BBC同时推出了奈杰尔来“霸占”晚间频道，主持“Simper Suppers”节目，推荐一道道简单好操作的微笑晚餐。都说奈杰尔不像大厨，更像一个痴迷做菜的作家，为大家推荐他的发烧友菜品。

影片由BBC投资，演员都是名角儿。儿时的奈杰尔由弗莱迪·海默饰，就是《查理和巧克力工厂》里的那个可爱男孩，奈杰尔的亲妈是由维多利亚·汉密尔顿饰演，我国观众不大熟悉，演过很多不错的电影，后妈由我们熟悉的海伦娜·卡特饰演，而奈杰尔本人也在影片的后面客串了一下Savoy酒店的大厨，还是那么温和，与大城小厨吉米相比，我喜欢奈杰尔多一点。

儿时的奈杰尔，亲妈尚在，这个妈妈居然只会做吐司，连新鲜蔬菜都不会做，只吃罐头。父亲爱亲妈，所以忍受难以下咽的一日三餐，就是奈杰尔做出了意大利面也不会得到爹妈的承认。但奈杰尔冰火两重天的童年的另一个阶段来了，亲妈去世后，爸爸娶了美食高手海伦娜当老婆，她用各种美味把爸爸的裤子一圈一圈变大，爸爸也爱后妈，吃不下也要吃一轮接一轮的美味，最后，后妈的柠檬派把爸爸送上了西天。食物太单一让人厌倦，太丰盛则让人痴肥以致死亡，饕餮是七宗罪之一。

吐司就是我们说的枕头包，需要成型的模具。面包里面也可以卷进果酱等馅料，做好后切成片，可以再用三明治机烤一下，烤好后涂果酱、花生酱、奶油等，有焦酥的口味，搭配牛奶、麦片粥就是一顿不错的早餐。商店里有卖枕头包的，回家自己切片、烤片，也有切好片的枕头包，回家只需烤一下就行。吐司包之于英国人像法棍之于法国人，馒头之于中国北方人，都是日常吃食。所以听到某某面包店怎样怎样浪漫，我的想象力总是被各种馒头店限制。是不是可以开一个有吧台、吧椅的馒头店呢？馒头片可以烤，兼卖麻酱、果酱、豆浆、牛奶、咖啡……

吐司是烘焙师的基础款入门手作，学烘焙做面包可以从吐司开始。高筋粉＋细砂糖＋鸡蛋＋盐＋酵母粉＋水（也可以用牛奶代替），揉成起筋面团后再加无盐黄油继续揉，两次发酵后揉擀成吐司盒宽窄的面片卷紧，放入吐司盒继续发酵，最后放入烤箱烤。其中每个步骤都有关键点，步步是小陷阱，不仅是各种食材的比例，还有更多，比如要放细砂糖不能放绵白糖，发酵后揉面要把面团里的空气尽量挤出去，发酵的温度和湿度、烤箱的大小和温度、一个吐司盒放三个卷紧的面团还是两个等等。如果做成功了，成就感满满，一定会像儿时的奈杰尔一样，期待着身边有人赞美。吐司像很多面包一样并不是趁热吃口味最好，放置 10 个小时再吃更佳。

吐司片抹奶油或者美乃滋，顺次放上火腿、生菜、西红柿、黄瓜等，再盖上另一片抹好奶油的吐司片，切去四边硬皮，对角线方向再切一刀，就是三角火腿三明治，中间的夹层亦可做成金枪鱼、鸡蛋、土豆泥等等，夹什么馅就是什么三明治。

因为可以做三明治，还连带产生了三明治切刀、三明治烤炉等产品，喜欢吐司片的人分非烤不吃派和烤了不吃派，还有非不吃硬边和非吃硬边的“硬边控”，对立的双方好像能因烤还是不烤、要硬边还是不要硬边而开战一般。

片名：黄金时代

导演：许鞍华

编剧：李樯

主演：汤唯，冯绍峰，王志文，朱亚文，黄轩

类型：剧情 / 爱情 / 传记

制片国家 / 地区：中国

语言：汉语普通话 / 俄语 / 日语

上映日期：2014-10-01（中国）

黄金时代飘过列巴味

食物：列巴

口味：粗狂酸硬中的麦香

做法：仍然是秘密。已知的是没有糖和黄油，老肥发面，用硬杂木面包炉烘烤

去看《黄金时代》，找个舒服的姿势靠在沙发上，准备度过漫长的3个小时，然后一个人在黑暗里跟着剧情喝水、叹息……看银幕上熟悉的街道、破旧洋楼、铁艺雕花阳台、瘦高的窗子、飘逸的白纱窗帘、朴素的格子桌布、发霉的花墙纸，走过三轮车会叽里咕噜响的石头马路，列巴、红肠、肉丸子汤……一切的一切都是熟悉的。

电影中萧红和萧军连面包渣也要粘起来吃的是俄式面包列巴，他们吃的列巴是黑列巴，用粗磨小麦粉或者粗磨黑麦粉做的。现在已经不做这种面包了，还有精磨小麦粉做的白列巴，现在卖的列巴都是白列巴。列巴的直径接近小锅盖，半尺多高，3斤左右，以前切着卖，现在整个卖。

哈尔滨很多食品厂都生产列巴，用电烤炉烤，但秋林（秋林公司）和华梅西餐厅（哈尔滨人直接称呼华梅）一直生产用杂木烤炉烤的面包。我从来不给外地来的朋友推荐列巴，如果初尝，很少有人喜欢那种酸味和粗糙的口味，多是从小就把它当作主食的人才能享受得来它的硬皮和酸味麦香。列巴和蜂蜜、红汤、红肠、酸黄瓜、啤酒、格瓦斯都是不错的搭配。爸爸上大学的时候是20世纪50年代初，他和苏联教授学的一种用小肚、西红柿、土豆、洋葱、圆白菜做的红汤，把列巴蘸进浓稠的汤汁里，汤汁吸得非常饱满，但是又不失筋道。爸说孩子吃这个长得壮实。哈尔滨的主食中永远有面包的一席之地。

前几年，萧红萧军曾经住过的红霞街（原商市街）对面开了一家面包房。冬天，一个俄罗斯中年小个男人站在街口，穿着黑色皮毛一体夹克，戴着长耳皮帽，围着千鸟格的围巾，托着一个托盘。

上面有切成小块的面包，插着牙签，羞涩地请路人品尝。看着他大大的比我们更容易冻伤的红鼻子只觉得有点淡淡的辛酸。店里面却还好，L 型面案做成了明案，短的一边对着烤炉，明火；并不是电火，长的一边是面案，一个胖胖的俄罗斯大婶在上面揉着巨大的面团，粗壮的胳膊上有一层细细密密的浅金色汗毛，花布拉吉、白色的围裙，整个人长得鼓胀胀的，像膨胀起来的面包团。不知道这两个中年人是不是夫妻。面包是传统的俄罗斯面包，没有列巴，但塞衣克、槽型包、面包圈、果脯面包、水果面包都有。买了几个，即使是甜面包，也是那种结结实实的口味。那以后就经常在路过的时候买两只，有时候晚上去，会有火大的（烤煳了底的）打折。牙好，反而愿意吃那硬硬焦焦的面包底儿。老板是个中年男子，中国人，有时候坐在店的里头，焦躁的样子，进来人了，就用力地推荐。还可以在吧桌上要一杯热牛奶或者咖啡，深绿色窗框的玻璃窗上粘着圣诞老人的卡通贴，画着圣诞树。外面是哈尔滨深冬的寒冷，有时候飘着雪，对于旅游的人来说是风景。但难免替老板担心，这里的店租天价，明火烤面包，俄罗斯来的面包师，前面就是百年老店华梅和马迭尔（宾馆）的外卖（马迭尔的小槽型面包和冰棍，都是甜到腻死人的那种。但如果你去过俄罗斯，对这种嚣张的甜一定不会陌生），卖的都是传统俄罗斯面包，也不贵。面包店果真不到一年就关张了，连“吉铺招租”都不用，因为 100 多年来整条街从没有一寸闲地方。

华梅西餐厅离商市街不远，旁边外卖面包房原来是门洞，两层楼高的拱门上方是铁艺扭花装饰，下面是大黑铁门，“二萧”在哈尔滨的时候就有。原来门洞卖牛奶面包、冰棍、糖葫芦，后来改成了外卖面包房，每天都有排长队买面包的人。要想买塞衣克必须中午就等，一定要有耐心，塞衣克价格还好，性价比最高，列巴已经翻番涨了多少倍了，槽子面包隔三岔五就涨一块。站在街口闻着面包香的时候，我总是隐约担心着有一天会吃不起。

华梅是爸爸妈妈年轻时的据点，20 世纪 50 年代，是他们的黄金时代，一切都是欣欣向荣的，人们工作热情高涨，生活中尚有很多娱乐。有的周末他们在哈尔滨铁路江上俱乐部跳舞，然后到华梅吃饭，后来就带着孩子到东北电影院或者兆麟电影院看电影，有时散场以后到这里落脚吃饭。“文革”期间华梅关门了，改革开放后先开了一楼的卡座，过两年没什么风吹草动又开了二楼。服务生变成了老服务生，头发都花白了，既有中国店小二式的殷勤也有洋馆子服务生的规矩。后来华梅越来越不招人去了，前些年居然搭了一个铝合金的门斗，挂着红红绿绿粉粉的塑料花，和松花江里的龙凤游船特配套，都跟二人转似的。上的汤洒得里外都是，打包的时候，服务员跑过来要一毛钱塑料袋钱，却不肯在总账一起结算，当着一桌子客人找一毛钱，非常尴尬，从此再不肯去了。

华梅斜对着马迭尔宾馆（也有西餐厅），马迭尔七道街那边开了一家波特曼（酒吧西餐厅），颇有和两家百年老店叫板的意思。波特曼开始营业的时候雄心勃勃地想开成法式西餐厅，但抵不过哈尔滨人的俄餐老底子，进去的都要红汤、“三罐”（罐牛、罐羊、罐虾）、黑椒牛排、软煎大马哈鱼、土豆泥沙拉、鱼子酱，最后波特曼成了又一家俄式西餐厅。菜品的质量不是太稳定，里面有绘画的天顶，颜色像画着洋人的中国年画，中午和晚上有老外驻唱。有一阵有个年纪不小的小个儿胖女人穿着俄罗斯传统裙子，长长的睫毛上刷着浓浓的睫毛膏，呼嗒呼嗒地眨眼，唱《莫斯科郊外的晚上》《喀秋莎》什么的。《黄金时代》的片尾有“波特曼”字样，萧红和弟弟、萧红和汪恩甲吃饭的场景应该是在这里拍的，桌上铺着米白底子、暗绿拉手小人图案的厚棉麻桌布，我一直用的那种，只不过我的是暗红色图案。

从波特曼门前往东走的街口就是尚志大街（原新城大街），二萧住的欧罗巴宾馆在这个街面上，欧罗巴宾馆还在，里面有一间屋子是按照当时他们住过的样子布置的。旁边是欧罗巴西餐厅，去吃过一次，也是传统的俄餐，对味道没有什么太深的印象，T 型骨上的肉硬硬的，刀割叉铲地整不下来，只好放弃。从欧罗巴宾馆出来继续往东走就看到了索菲亚教堂。有一年春天给圆顶刷绿油漆，正赶上杨花柳絮飞扬的时候，油漆未干，圆顶沾满了白毛，从教堂底下的胡同里走过，看到绿顶子变成了白帽子，觉得好玩。

索菲亚广场周围是星星状的街口，其中一个街口是兆麟街，就是画家冯吟秋的家宅“牵牛坊”所在那条街（也有说是在新城大街东南头的），萧红、萧军、白朗、金剑啸、舒群等曾在那里聚会、排演话剧。有一年春天，好友阿修拍纪念萧红的电视片《一样秋花》，问我哪里有牵牛花，大片的那种。我知道有一个地方种了大片的牵牛花，但是要等两三个月才能爬满墙，才能开花。阿修就等，等到拍片的时候，那个镜头只有几秒钟，我因此坚定地和阿修做朋友，因为她肯为这几秒钟的牵牛花而等待。

从萧红落脚的道外东兴顺宾馆沿着松花江江边往上走，江边是斯大林公园，江际线还没有被破坏殆尽，有的路段也还美丽。过了老铁路桥就是道里，道里的江边越来越难看了，本来是一个非常普希金式的沿江公园，现在安了中式八角亭子，江里是游龙戏凤琉璃瓦顶子的游船，招揽游客的人手提喇叭一个夏天都在喊“游江游江”。

进入中央大街步行街、尚志大街、兆麟街一带就是萧红当年活动的区域，沿途各个时期各种风格的欧式建筑林立，大型综合商场、百货公司、钟表店、服装专卖店、食品店、旅游纪念品店、书店等商家密布，中西餐馆、酒吧、咖啡店、面包店、冷饮厅、巧克力店、副食店香味四溢，麦当劳、肯德基、星巴克当然进驻。索菲亚教堂广场上喂鸽子的人经常比鸽子多。周边原来的旧房子拆了盖了新楼，原来住着的老哈尔滨人多数四下里散了。

如果把萧红活动的区域规划成旅游路线，未必不能做成黄金路线，像格瓦拉、卡夫卡、莫扎特、贝多芬、普希金等都被旅游产业滥用。萧红、许鞍华、李樯各有对《黄金时代》的解读，确如李樯所说，“每个人都有自己的黄金时代”。但我们多数时候不知道自己身处黄金时代走在黄金的路线上，《黄金时代》散场，我感觉是列巴味的。

片名：阿黛尔的生活

导演：阿布戴·柯西胥

编剧：阿布戴·柯西胥，茱莉·马罗，加利亚·拉克鲁瓦

主演：
阿黛尔·艾克萨勒霍布洛斯，蕾雅·赛杜，沙利姆·克齐欧彻，热雷米·拉厄尔特，凯瑟琳·沙列

类型：
剧情 / 爱情 / 同性

制片国家 / 地区：
法国 / 比利时 / 西班牙 / 突尼斯

语言：法语 / 英语

上映日期：
2013-05-23（戛纳电影节）/ 2013-10-09（法国 / 比利时）

另类三明治

食物：皮塔三明治

口味：中东面饼的筋道和柔软内馅的结合

做法：发酵面团烤成皮塔，剪口，肉类、鱼类、蔬菜塞进皮塔饼

食物：古巴三明治

口味：压实的硬面包紧实，加猪后鞘烤制的硬香

做法：硬面包压实，加烤猪后鞘切片，加蔬菜

片名：Chef

导演：乔恩·费儒

编剧：乔恩·费儒

主演：乔恩·费儒，约翰·雷吉扎莫，鲍比·坎纳瓦尔，斯嘉丽·约翰逊，达斯汀·霍夫曼

类型：喜剧

制片国家 / 地区：美国

语言：英语

上映日期：2014-05-09（美国）

典型的三明治是吐司两片，中间夹火腿、蔬菜，再加点美乃滋、番茄酱、芥末酱等，因此在欧美，看到两层面皮中间夹馅料的东西他们都叫三明治。三明治、汉堡和热狗其实是一回事，汉堡是圆形面包两片夹上述东西，热狗更单纯些，是长条形面包夹火腿肠。下面说的是皮塔三明治和古巴三明治，是三明治里的另类。

电影《阿黛尔的生活》带给我们的是皮塔三明治。阿黛尔还在和男孩交往的时候，她男朋友托马斯问阿黛尔吃柠檬蛋挞还是其他什么。嘻嘻，全世界都一样，追人要追胃。阿黛尔说，皮塔三明治吧。

最近几年，欧洲流行皮塔三明治，这一便宜、实惠带有东方情调的食品很是风靡。皮塔，中东地区的烤饼，和我国的馍有些类似的发酵面饼。这种饼烤好了，中间是空的，剪开一个口，可以往里面装各种馅料，火腿、熏鸡肉、蔬菜、金枪鱼或其他，并配上番茄酱、蛋黄酱或鹰嘴豆泥。

看完电影，对于阿黛尔和爱玛的同性恋我不咋上心，却满脑子都是电影里的吃喝场景：阿黛尔家一家三口的晚饭是意大利面，阿黛尔一家不大在乎吃相，阿黛尔吃得半脸江山红似火，这也是导演看上这个女孩的原因。阿黛尔邀请爱玛到家里吃饭，牛肉、沙拉、红酒、法棍。还有爱玛请朋友吃饭，阿黛尔做的大份意大利面。但我还是对那个皮塔三明治感兴趣，网上搜了一下，有非常详细的介绍。

面粉加干酵母、糖，经过两次发酵以后把面团分成几份，手掌压成饼，烤箱预热 230 度，趁烤盘热热的时候把面饼生坯放入烤盘。烤了一分钟，果真有膨胀现象，拿出来看看，表面发白，不知道意味着什么，肚子没有图片上那么鼓，遂放进去继续烤制，虽然又膨胀了一点，但也还是有点扁。后面的几个延长至 2 分钟，都腆着肚子顺利地出炉了，看着鼓鼓胀胀的皮塔，心中满是喜悦。第一个皮塔饼可能烤的时间长了，凉了以后有点硬，成功的那三个软硬适中，在边缘切开一个小口，往里面装菜——炒土豆丝、豆芽丝、黄瓜丝、香菜段和面酱。不是中东的是中国的皮塔三明治啊。

还有一个让我印象深刻的三明治来自美国电影 *Chef*，里面做的是古巴三明治。

做古巴三明治的难处不在于面包切开抹芥末酱、夹肉、泡菜、奶酪后盖上另一片，然后在上面刷奶油下面涂橄榄油再双面烤，而在于前期的猪后鞧制作。那是一块整猪四分之一的猪后鞧，先加柑橘、柠檬、蒜打成的汁，再加进朗姆酒，还有黑胡椒、肉桂等香料和盐，腌制一天；然后用室外的木柴烤炉慢烤一夜，夜里也要不断地往烤炉里加木柴，没有耐心和体力很难完成。在 *Chef* 里，那个猪后鞧做完以后是快餐车上做三明治的原料之一。我等平常主妇想要再现那个古巴三明治费工费时费料，实在考验耐心。

佛罗里达的古巴三明治（Florida Cuban Sandwich）是美国十大三明治之一。古巴三明治用古巴面包夹火腿、烤猪肉、瑞士奶酪、腌黄瓜、芥末做成，有时夹意大利香肠。古巴三明治一定要在三明治压板上烤到奶酪融化为止，也由于用压板压过，古巴三明治形状扁平，质地极其密实。这种三明治始于大约 1900 年，在古巴被称作米克斯托，是烟厂和糖厂员工最爱吃的午餐。随着古巴人大量进入佛罗里达，古巴三明治也在那里流行开来，现在仍然是迈阿密最受欢迎的三明治。

三明治像我们的鸡蛋灌饼、煎饼果子、肉夹馍、烤冷面……本来是上不了大台面的，但任何一种食物，哪怕是最穷贱的吃食都可以做得非常精良美味，比如栗子面窝窝头儿来自苞米面窝窝头。

我用猪腿肉代替后鞧，将黑胡椒、肉桂等香料和盐涂抹到去骨的猪腿肉中，再用柑橘、柠檬、蒜等混合汁液腌制，腌汁一定要量大，没过猪腿肉。冷藏腌制 24 小时以后，猪腿拿出，用线绳捆好，锅里放油把表面煎黄，用锡纸包好，200 度慢烤 3 小时。烤制时间过半时翻面，最后把锡纸打开，再用 220 度的温度把猪腿表面烤至出色。烤好的猪腿稍微晾凉，切片，用作三明治里的肉片。下面就简单易行了，买一支塞衣克或法棍等硬面包切片，电饼铛预热，淋上一点橄榄油，把面包剖面和锅底相对，煎黄，在一片煎黄面上依次放上奶酪、肉片、生菜，再把另一片的煎黄面扣到奶酪上，在外层的面包表面刷一层黄油，放入饼铛盖上盖，2 分钟，这样就会出现扁而硬的古巴三明治了。

剩下的猪腿可以放进冰箱里，每天早晨做一个三明治，另加一杯牛奶，可以在整个上午都保持充沛旺盛的精力。片中做古巴三明治的烤箱是专用的铁板烤箱，大概是上下能够同时加热的平板烤箱，我看着那个应该和饼铛差不多，横竖不能从美国买一个铁板烤箱吧。看着饼铛烤出的古巴三明治我还为自己的小机灵而得意了一下。

古巴三明治有几个不能绕过的特点：一是猪肉，不像其他热爱牛肉的地区，古巴人喜欢吃猪肉；二是硬皮硬面包，真正的古巴面包我没有见过，外形大约是圆的，低糖，查了一下配方，与法棍大致相同，*Chef* 中用法棍代替，哈尔滨塞衣克也是硬皮硬面包，大小适合双人份，所以我用塞衣克代替；三是要在面包表面涂黄油再次烤制，要把三明治烤成扁而硬且里面的奶酪呈融化的状态。

感谢互联网，刚在美国上院线的*Chef*，很快就在国内找到，但被翻译成《落魄大厨》，不知道落魄在哪里？片中演过钢铁侠的乔治·费儒饰演大厨凯文·卡斯帕，此片大明星不少，还有达斯汀·霍夫曼、斯嘉丽·约翰逊、约翰·雷吉扎莫（此小子在《霍乱时期的爱情》中饰演费尔米娜的医生丈夫乌尔比诺，那是我喜欢的角色）、小罗伯特·唐尼等等。

电影对故事和情节的掌控熟练流畅，没有反面角色。前妻和情人都性感貌美；10岁的儿子波西毫不拧巴，并不断用社交网站推广老爸的快餐车；前妻的现任和凯文关系和谐，也不乏大方；哥们是铁哥们，包括那个给凯文恶评的美食评论家最后卖掉网站买地盖饭店请凯文当大厨……凯文幸运得让人嫉妒，根本没有落魄一说。

片名：BJ 单身日记

导演：沙朗 · 马奎尔

编剧：理查德 · 柯蒂斯，安德鲁 · 戴维斯

主演：蕾妮 · 齐薇格，科林 · 费尔斯，休 · 格兰特，吉姆 · 布劳德本特，雪莉 · 亨德森

类型：
剧情 / 喜剧 / 爱情

制片国家 / 地区：
英国 / 法国 / 爱尔兰 / 美国

语言：英语

上映日期：
2001-04-04（英国）

破碎的面包布丁

食物：面包布丁
口味：甜、香、腻中一点柠檬的清香
做法：面包切小方块，柠檬皮切碎，葡萄干、榛子仁、核桃仁、红糖混合在一起，浇入朗姆酒，另外把鸡蛋、白糖和干面粉混合后倒入前面的混合物，大碗内部用黄油涂抹，再把混合物倒入压实，密封，大火蒸一个小时以上

中国人把所有的节日都赋予吃的内容，小孩子常问的问题是万圣节吃什么圣诞节吃什么立春中秋立冬吃什么过年吃什么……用对食物的期盼表达对节日的期盼无疑是最有吸引力的，尤其是在食物匮乏的年代，与其说过节不如说是找个充分的理由来相聚吃喝。像圣诞这样的节日和中国的春节一样，吃的品种必定不是单一的，而是丰盛的杂食盛宴。

《BJ单身日记》《圣诞节保姆》《圣诞传说》等和圣诞节有关的电影里难免有一个圣诞节的餐桌。餐桌上有什么呢？前菜、汤、开胃菜、主菜、点心与饮料。前菜和开胃菜多是冷盘，生鲑鱼、鱼子酱饼等；汤以清汤、蔬菜汤为主，也有奶油玉米粥；主菜主要有烤猪、火腿、烤鹅、烤火鸡等，也有三文鱼，总之是以肉为主；甜点多是圣诞布丁，然后是酒类和饮料。

像中国的春节家宴，各地有不同的风格和菜品一样，圣诞节大餐也因为地域的不同而有着巨大的差异。其实，所有的饮食都是有地域性的，那是因为在食物还是从甲地到乙地运输有阻碍的时代，人们都是吃地产食物的，所谓靠山吃山靠水吃水。比如，英国的圣诞主菜是烤鹅，一部分到了美洲大陆的英国人发现这里根本就没有鹅，而火鸡多的是，所以美国的圣诞主菜就变成了烤火鸡。在圣诞老人的故乡北欧地区，圣诞主菜少不了海产品，包括煎鳕鱼和海龙虾；德国的圣诞餐以熏猪肉、火腿为主；瑞典当然要有瑞典肉丸……在墨西哥，人们会把圣诞布丁换成奶油玉米饼；在澳大利亚过圣诞节是炎热的夏天，澳大利亚的圣诞节大餐居然是在院子里做BBQ，喝冰啤酒……在哈尔滨圣诞节餐桌上有可能有一盆东北乱炖。

主流圣诞餐少不了两样东西，一是烤禽类或者乳猪，另外一种是布丁。烤乳猪、烤火鸡就算了，是个费工时的活儿，我烤过一只鸡，不大成功。一次烤的时候没有在烤的中途拿出来刷油和酱料，熟倒是熟了，但看上去像放久了的鸡的尸体。表皮皱巴、颜色暗黄，还忘了交叉绑好鸡腿，去掉翅尖的翅膀也没有固定好。那个没头没脖子没翅尖没爪子的鸡，关节处焦黑，形状甚是惨烈，看着那个遭了大罪的无头鸡尸，我觉得自己特罪孽深重。如果不让眼睛参与，鼻子、舌头和胃都反应不错。参与“分尸”的人都喜气洋洋的，我猜这种喜气里除了对味道的肯定以外，还有就是鼓励我继续进行烤鸡实践。

做圣诞面包布丁比烤鸡平和多了，毕竟布丁比烤鸡素净，但麻烦一点都不比烤鸡少。先要买一个槽型面包，高筋少糖少油的那种，切片后去边、切成小方块，如果自己做当然更好。柠檬皮刨出碎屑，和葡萄干、榛子仁、核桃仁、红糖混合在一起，浇入朗姆酒，另外把鸡蛋、白糖和干面粉混合后倒入前面的混合物，大碗内部用黄油涂抹，再把混合物倒入压实，用锡纸密封，大火蒸一个小时以上。第一次做的时候，液体少了，黄油没有涂均匀，取的时候碎了，不是一个倒扣的碗形布丁，而是一个摔碎的布丁碗，把粘在碗底的那一块小心地用铲刀铲出来，居然能原封对上，伪装成了一个完整的布丁。后来看《保罗教你做面包》，保罗去找电影《吐司》里的原型奈杰尔，他们做这个布丁时，奈杰尔把拿掉扣碗的任务交给了保罗，保罗像我一样也把布丁弄掉了一块，他居然像我一样也把另一小块原封对上，看到那里我笑得哈哈的。

面对这样一个高糖高热量布丁，我放弃了用奶油或者巧克力装饰的打算。闺蜜看到我在微信上显摆圣诞布丁，吃到了以后对柠檬皮碎点赞，说，要是没有柠檬皮碎，这个布丁能把人腻闷过去，因为这点柠檬皮碎的缘故，这款“三高”（高油高糖高热量）圣诞布丁倒有了清新的感觉。唉，大厨是需要知音的。

第三辑

无 关 相 思

爱上他

食物：烤茄子

口味：浓香

做法：茄子＋蒜片＋莳萝籽＋小红洋葱＋番茄，烤箱烤，最后撒上胡椒粉

片名：调情魔师

导演：
保罗·梅达·贝哲斯

编剧：顾伦德·查达哈，保罗·梅达·贝哲斯

主演：艾西瓦娅·雷，迪伦·麦克德莫特，Nitin Ganatra，阿德沃尔·阿吉纽依-艾格拜吉

类型：剧情 / 爱情

制片国家 / 地区：
美国 / 英国

语言：英语

上映日期：
2005-09-11（美国）

我容易被香的东西吸引，这部《调情魔师》原名 *The Mistress of Spices*，其实和“调情”没有什么关系，从影片的内容看，叫“香料魔师”更贴切一些。电影有点小魔幻，属于没什么大意思，但能看下来的那种，画面温暖，故事简单。

香料魔法师天露由印度美女艾西瓦娅·雷出演。她是 1994 年的世界小姐，2005 年拍片的时候已经是十多年过去了，依然精致可爱，十分养眼，不怪被茱莉亚·罗伯茨称作世界上最美的女人。香料的功用满带印度的神秘，香料店温馨迷人，如果想开个小店什么的，可以当作样板。

天露给跆拳道教练的菜谱是烤茄子加蒜片，然后加莳萝籽、小红洋葱和番茄，最后撒上胡椒粉，跆拳道教练的确受用。在我看来，那就是加香料的烤茄子。保持爱情的配方是餐后用的，槟榔叶涂上让人兴奋的苏帕日酱（不知道是什么植物）再加上能让人甜言蜜语的碎椰肉和茴香籽，最后再加上誓言相守的豆蔻。不知道槟榔叶香包是吃的还是佩戴的，或者是放到什么地方的，这么一个黏糊糊的香包好像怎么用都不大合适。

印度是一个无处不用香料的国家，他们的饭菜好似都是用香料调出来的。天露虽然能用香料帮助他人躲避灾祸、治疗疾病、解决问题等，但她也有自己的约束——不能用香料服务自己，不能离开香料店，不能与他人有肌肤接触，否则后果很严重。可是英俊潇洒的男主角道格出现了。

天露说每个人都有自己对应的香料保护神，她自己的守护神是芝麻，她爱上的道格的守护神则是一种名叫阿魏的植物树脂——爱情解毒剂。天露当然不希望道格被爱情解毒剂解毒，她希望道格爱她，但是香料们不同意，集体造反，让天露出糗——给家人和解的杏仁长出了虫子、给夫妻相爱的辣椒让胃像火一样燃烧、给好朋友哈容的香料让哈容被袭击……花盆里种的植物全都枯萎，死给天露看，一切都乱了，仅仅是因为天露爱上了道格。

按照天露的指示，我的守护香料是玫瑰、茉莉和羽扁豆，玫瑰和茉莉是我最喜欢的两种花，羽扁豆就是歌里唱的鲁冰花，受到这种花保护的人，感化力强，能够给朋友或晚辈正面的影响，花语是幸福。我喜欢羽扁豆长长的紫色花穗，手执一支鲁冰花，嗯，幸福就来了。

让我们记住那些有如下魔力的香料吧，食物被影片一帧一帧定格记录的，虽然有点啰唆：

桂皮——交友剂

黑孜然芹籽——免遭伤害

银杏油——让人安静

茴香——坚定不移

葫芦巴种子——给人力量

辣椒——给人信心

阿魏（植物树脂）——爱情解毒剂

罗勒——保留记忆

杏粉/杧果/牛奶——使语言变得甜美

黑金（胡椒粉）——说出心里的秘密

芝麻——充满养分的种子

檀香粉——解除回忆的痛苦

藏红花——增加能量，引来爱情

如果有一天，你闲来无事，而手边恰好有它们中的几种，也许，你也会成为一个有点小魔力的香料师呢，想要爱上谁的话，自己配点香料。

忘记他

食物：波波虾

口味：鲜香、清爽

做法：用牛油果、菠萝榨的汁和蛋液调稀面糊，海虾裹面糊油炸

片名：女人置上

导演：芬娜·托雷斯

编剧：Vera Blasi

主演：
佩内洛普·克鲁兹，
莫里奥·本尼西奥，
哈罗德·佩里诺

类型：喜剧 / 爱情

制片国家 / 地区：
美国

语言：英语 / 葡萄
牙语

上映日期：
2000-09-22（美国 /
希腊）

这个电影叫《女人置上》，佩内洛普·克鲁兹那时好年轻啊，紧致火热的曲线，眨呀眨的黑眼睛，青春得炫目。

克鲁兹饰演的美女厨师伊莎贝拉正往一只篮子里摆4只肥蟹，在螃蟹中间堆了一小堆朝鲜蓟，芽心的顶端插着一根黑公鸡毛，两只母杧果（咦？杧果也分雌雄啊？），再加上12滴午夜的雨水、两只熟鲶鱼眼珠。最后伊莎贝拉的闺蜜莫妮卡帮她烧了一张英俊青年的照片，照片的灰烬落在篮子里装的所有的东西上。伊莎贝拉端着篮子神情肃穆地走向大海，罩在玻璃罩里的蜡烛烛光飘摇，随着波浪，那只篮子漂向大海深处，沉入海底。

原来，这是巴西巫术，巫师给的方子。照片上的青年是伊莎贝拉的丈夫托宁荷，与隔壁女人偷情被伊莎贝拉逮了个正着。这道大菜，可以让伊莎贝拉不再爱他，把他彻底忘掉，从此以后伊莎贝拉就不会对托宁荷有任何爱意。好使吗？好使啊。但与爱情同时消失的还有伊莎贝拉天赋的厨艺。她再尝不出味道，做的蛋糕让人呕吐、鸡蛋打不出泡沫、切菜切到手指……巴西向来给食物赋予种种魔力，这不过又是一个佐证。

伊莎贝拉因为患有先天眩晕症，从小不能和别的孩子一起玩，只能在厨房里和厨娘一起，所以练就了一手好厨艺。伊莎贝拉被海神垂怜，可以不晕，但一切行为都要“在上”。比如坐车不行开车行（包括船和飞机）、领舞可以跟舞就晕……

伊莎贝拉和托宁荷夫妻俩开了一家叫作叶门迦的餐厅，伊莎贝拉主厨，托宁荷负责接待，所有的劳苦由伊莎贝拉担着，所有的赞美由托宁荷收着。这还不算，由于托宁荷在伊莎贝拉那里感受不到男人的气概，就和邻居偷腥。

伊莎贝拉负气出走，远到旧金山去找闺蜜莫妮卡，当厨师、当教厨艺的老师为生。伊莎贝拉偶然被电视台发现，上电视做电视美食节目，成了受人追捧的电视主厨。追到旧金山的托宁荷爱心不死，他带着伙伴跟进电视台，站在伊莎贝拉的身后唱情歌、搅局，希望伊莎贝拉回心转意……

影视怎么表现美食？梁文道说，很多电影采取的方法不是直接面对食物本身，而是表现对人类的诱惑。此片亦是。聚在酒吧里的球迷不为球而迷上了美食节目，他们的目光随着伊莎贝拉移动而移动，身体随着桑巴音乐而轻轻摆动，与其说他们垂涎着美食，不如说他们迷恋着美女伊莎贝拉。厨师学校的大厨都为伊莎贝拉的鸡心海鲜汤着迷，伊莎贝拉的女伴莫妮卡对她的美食百吃不厌。那么伊莎贝拉到底做了什么呢？影片里并没有过多的表现，下面几款也是我猜着勉强搞出来的几款菜式。

波波虾。腌好的虾蘸蛋液裹上面包屑油炸。这个好做，伊莎贝拉说，波波虾要配上法萝和酪梨才能吃出热情。法萝是什么水果不知道，不知道是翻译的不知所云还是怎么的，权当是菠萝的一种吧。而酪梨即牛油果，厚皮大核，中间的果肉很薄，高能低糖，含有丰富的营养，是近几年流行的所谓中产阶级健康食品。

椰汤。这道菜比较简单，椰奶煮开，加西红柿，然后加法式面包皮。我用的是超市里买来的某牌椰汁一听，四五个小西红柿切半，因为味甜，所以我加了一点盐，法棍面包到处有卖，我没敢把法棍皮加进去一个劲地煮，我是蘸着吃的，味道还好，没有想象中那么难吃。

煎香蕉。这个菜也能实践一下，香蕉一个，去皮中间切断，然后纵向切片，油煎两面，然后加肉桂、三叶草和甘蔗酒把汤汁煮成焦糖色。片子里没说是什么油，我猜旧金山不会用鲁花花生油，巴西的厨师多半应该用橄榄油。不知道伊莎贝拉说的三叶草是酢浆草还是车轴草（夏天公园里铺绿地有用这种草的），这两种草都叫三叶草，都可以吃。我的花盆里有紫叶三叶草和红花酢浆草。我剪了几棵红花酢浆草。甘蔗酒没有，葡萄酒代替。这个和人家做的一定不是一回事，但味道还好。想想也不能差到哪去，都是甜的东西，我的经验是再难吃的东西都翻不过“甜”这座山。

还有让我感兴趣的一个桥段是，伊莎贝拉教学员做菜的时候，捏起一小撮盐，告诉学员说，感觉手拿的分量，不久手指就会有记忆。一直困扰我的问题是中国做菜的“少许”“适量”等等，让我一直无所适从。我喜欢量化，但实际操作中，如果每一道菜都量化地做是非常费时且麻烦的。我没有进过专业厨房，就影视剧中表现的来讲，我还没有看到哪个厨师用电子秤的，尽管我的电子秤可以精确到零点几克，原来，那些大厨都是“拿捏”的，因为手指是有记忆的哦。

每一次伊莎贝拉都会在节目的最后说，记住，最重要的是和你爱的人一起分享。菠萝、酪梨、香蕉好找，波波虾好做，都是好吃的东西，放在一起也没什么难的，倒是找一个爱的人一起吃饭对很多人来讲比较有难度。电影的结局是托宁荷再次赢得了伊莎贝拉的芳心，叶门迦餐厅重新开张，大海把渔获重新送给渔民。

咖啡咒

饮品：咖啡

口味：咖啡香

做法：世界各地咖啡豆选一款磨粉，滤纸放入手冲咖啡滤杯，加进咖啡粉，95度水浸透焖30秒，87度水慢慢画圈注入，滤杯下各种漂亮杯子接咖啡

片名：一片好心

导演：达格·卡利

编剧：达格·卡利

主演：保罗·达诺，布莱恩·考克斯

类型：剧情

制片国家 / 地区：丹麦 / 冰岛 / 美国 / 法国 / 德国

语言：英语

上映日期：2010-03-17

一咖啡师说，每一台咖啡机都有自己的品性，咖啡师要和自己的咖啡机相熟，才能煮出好喝的咖啡……我想起电影《一片好心》中的酒吧老板雅克教卢卡斯煮咖啡的情形。那台咖啡机一人多高，巨大的不锈钢罐上面插着很多条管线，运动起来简直像一台蒸汽火车。我想，不论是90度的水温、9帕的压力还是24秒技术都应该是雅克对他的咖啡机的深情相知，而卢卡斯按照雅克所教，把一杯杯咖啡端给雅克，却一杯一杯全是坏味道。雅克简直要疯了，他像一只老斗牛犬，疲惫地趴在吧台上，对着满台的坏咖啡绝望而忧伤。那台咖啡机只认雅克。

雅克能做出好的咖啡，不仅是因为他手艺高强，还因为他和他的咖啡机有多年的交情，而卢卡斯和它只是人生初见。也不只咖啡机了，我们和大小家电、餐具、厨具、家具等也有犹如新婚的磨合期，过了打打闹闹的日子才能进入正常生活阶段。

如果说雅克的咖啡咒是人机合一，那电影《海鸥食堂》里的失落中年男则有点小神通了，卖了餐厅以后的他还会思念店里的咖啡机，返回店里，教新主人幸惠做咖啡，还把美味咒语“Copi Luwak”传给幸惠，得了咒语的幸惠做出的咖啡还真的很受欢迎。

多数厨师强调最好使的咒语是“爱”，多数电影里都把“爱”当作最神的魔力棒来搅拌食物。每当你想着你爱的人和你心中的爱，你做的食物多半会成为美味佳肴。最典型的当属墨西哥电影《巧克力情人》中的蒂塔，她做的魔幻食物有让人充满爱欲的玫瑰鹌鹑、让不曾有过欢笑的人获得喜悦的辣椒火鸡、治疗沉默症的牛尾汤……在情人佩德罗与姐姐的婚礼上，蒂塔悲伤的眼泪滴进了婚礼蛋糕，所有参加婚礼的人吃了蛋糕都悲伤不已，号啕大哭，甚至呕吐……

如果从亚当和夏娃吃的那枚苹果算起，魔法食物的历史久远。关于吃和做，我认为某些人的确有天赋，也可以说具有神奇的魔力，一样不怎么能入口的东西做成好吃的美味，就是因为有魔力助阵。一个含恨的厨师，做出的烤羊排不可能心平气和，而一个温柔有加的人也不可能做出充满杀机的沙拉。

接连看了多部魔法影片的那阵儿，我做饭的时候也爱叨叨咕咕，蔬菜——长相不错长相不错，肉——香味家伙香味家伙，鱼——死眼死眼别看我，蘑菇——抽巴抽巴……还有红豆、大红豆、嚓嚓嚓……我问先生，最近做的菜有没有什么不同啊？他很郑重地说："有啊，我觉得咱俩现在比较碎嘴子了。"

片名：香料共和国

导演：

Tassos Boulmetis

编剧：

Tassos Boulmetis

主演：Georges Corraface，Ieroklis Michaelidis，Renia Louizidou

类型：剧情 / 喜剧

制片国家 / 地区：

希腊 / 土耳其

语言：英语 / 希腊语 / 土耳其语

上映日期：

2005-06-02

肉桂的秘密

调料：肉桂

口味：两情相悦香

用法：放进一切你喜欢的食物中

像木心的《从前慢》，爱情的传递还要用明信片，明信片带着香味，玫瑰花味纵然有趣，但这一张是肉桂味的，下一张是胡椒味的，还有豆蔻味的……怎么样？收到这样一张明信片，且不说上面写的什么，单是这芬芳气味是不是也打动了你呢？如果没有打开心扉，也能打开味蕾了。希腊电影《香料共和国》是2005年上映的，十几年过去，翻出来看，依然觉得好，翻译过来的片名也符合我的心意。香料和天文学、哲学、爱情、战争、民族、家庭等千丝万缕地关联着，成为生活的共和国。

7岁的凡尼斯在土耳其长大。爸爸是希腊人，母亲家是土耳其人，外公是香料店的老板。凡尼斯7岁以前住在土耳其，然后被土耳其驱逐，回到希腊长大，当了天文学教授，人到中年以后又回到土耳其任教。

外公给凡尼斯上天文课是这样的：爷孙俩坐在香料店阁楼上的大桌子旁，凡尼斯只负责想象。外公说辣椒，热情中带着火爆，凡尼斯就说像太阳，那么辣椒就是太阳的香料，所有放辣椒的食物都具有热力四射的特点。金星→最美的女人维纳斯→甜蜜中带点苦涩→肉桂；地球→生命→需要食物→什么能让食物更美味→盐，地球就是盐的星球……我想，如果这样教学，我的天文课也一定学得好。

凡尼斯的初恋对象是邻家土耳其女孩珊美，两个人办家家酒，凡尼斯告诉珊美做肉丸的秘方——加肉桂。秘方是凡尼斯从妈妈和姑妈的密谈中偷听到的。肉桂，一种樟科树木的树皮，含有挥发油，中医认为它主治肾阳不足。凡尼斯的外公也告诉顾客说，要想“两情相悦”就要加肉桂而不是茴香，茴香是内敛的。在卡布奇诺咖啡中，肉桂粉常常洒在奶泡上做装饰，那与土耳其人相比，真是小巫见大巫。土耳其人喜欢在茶和咖啡中加一点肉桂粉和其他任何你想不到的东西。单位里从土耳其回来的同事对土耳其人用肉桂粉对付茶和咖啡的做法非常气愤："好好的茶加点茉莉、柠檬皮什么的也就罢了，肉桂粉，炖肉的，放茶和咖啡里，不是两样都糟蹋了吗？不管什么都用肉桂棒搅搅，乱（烂音）整！"

土耳其和希腊千百年来就是两个撕攞不开的国家，两国和平期间，人民互相往来，通婚；两个国家闹崩了，就互相驱逐对方国家的居民，永远剪不断理还乱。凡尼斯在这样的家庭和这样两个国家里，注定会过一种非凡的生活。被土耳其驱逐的凡尼斯一家回到希腊，希腊人却认为他们是土耳其人。爸爸流着泪说，希腊没有想象中的那么好。凡尼斯也不适应在希腊的生活，他想念外公，想念珊美。每当有外公要来希腊的消息传来凡尼斯就会高兴一阵，但每次都失望。

他经常梦游一般半夜进到厨房里煎炒烹炸，展示出他烹调的天赋，这个天赋甚至被认为是魔鬼附身，父母找来了牧师为他"驱魔"，结果是牧师被凡尼斯的茄子俘虏。为迎接外公和珊美的到来，凡尼斯半夜做了一道茄香牛肉，当然加了肉桂。但是这一次肉桂却没能发挥功效，珊美没能成行。每次珊美寄来明信片，凡尼斯都会闻了又闻，而寄给珊美的卡片也会涂上香料粉，肉桂、胡椒、豆蔻……那是凡尼斯与珊美联系的方式。

平时，为了突出食物中我们喜欢的味道或者掩藏食物中我们不喜欢的味道，加各种香料是个百试不爽的办法，但香料不仅仅能调味，还能治病，治心病。

达巴送错　瓦拉送爱

食物：马萨拉卷饼

口味：印度香

做法：分别做饼和菜，用饼把菜卷起来

电影：午餐盒

导演：赖舒·彼查

编剧：赖舒·彼查，Rutvik Oza

主演：伊尔凡·可汗，Nimrat Kaur，纳瓦祖丁·席迪圭，Denzil Smith，Bharati Achrekar

类型：剧情/爱情

制片国家/地区：印度/法国/德国

语言：印地语/英语

上映日期：2013-09-20（印度）

印度男人喜欢妻子、妈妈或奶奶做的饭菜，所以催生了“达巴瓦拉”送饭业务，“达巴”是午餐或装午餐的饭盒，“瓦拉”是送餐人。电影《午餐盒》讲的是因为送错了午餐盒而引发的爱情故事。

每天上午 8 时 30 分开始，送餐人会依次敲开孟买郊外一所所住宅的门，从主妇或家人手中收集装好的午餐。一般来说，饭菜被分别放在分成 4 小格的标准饭盒里，分主食、菜、甜点和汤。一个达巴通常要收集 30 至 40 个提盒，放在自行车上，迅速送往最近的郊区火车站；盒饭在火车站点经人工分拣后，被送往孟买中心的不同车站，然后再重新分拣，按片区街道送往目的地。午餐过后，服务程序就倒了过来，空盒最后被送回家中。每天大约有 170 万到 200 万人吃这种盒饭。一项调查显示，“达巴瓦拉”平均每 600 万份午饭才有一份送错。这个故事就是由这六百万分之一的错误引起的。

依娜和丈夫女主内男主外。在婚姻里煮的时间久了，丈夫便不大在意依娜的感受，依娜穿新衣着旧裳都不能引起丈夫的兴趣，女儿上小学了，剩下依娜一人在家煮饭。这一次却出了错，依娜做的盒饭被送到了费尔南迪的手中。费尔南迪是一家公司的会计师，还有一个月就要退休回家了，无妻无子，没人给他做饭，每天中午的一餐是在附近一家餐馆定的，味道差极了。这个几率极低的阴差阳错让费尔南迪吃到了一顿美味。他在饭盒里留了条子，居然是“菜有点咸了”。真是要饭还嫌馊啊。小波浪就这样温柔地涌来，让人舍不得，以至于依娜给自己找了借口将错就错了。第二天的点评是有点辣。饭盒里传纸条，像中学生恋爱一样，如果说这不是恋爱，我也不知道给这故事一个什么命名了。

盒饭里的饭菜，除了用煤气炉火焰直接烧烤的薄饼以外，其他的菜并无菜名，总之是各种香料烹制出来的带有奇异香味的陌生菜肴，一定少不了咖喱、辣椒、鸡、蔬菜、米饭和饼……网上查了查，除了依娜做的那种饼，还有好多种饼用来卷着菜吃。

依娜做的饼是发酵面团，面粉发酵分成小份，继续揉团醒发，小面团擀开成饼，可用平底锅直接烤，不放油，两面烙，翻面的时候中间也许会鼓起来，但鼓不鼓起来都行。另做卷饼用的菜，这个鸡肉马萨拉（印度混合香料）是经典菜式。印度菜里面很少用肉类，如果有肉也是鸡肉居多。鸡胸肉切丝，用马萨拉腌制，然后用橄榄油炒熟放一边。洋葱、胡萝卜、青椒、土豆、茄子都切丝，用橄榄油翻炒，九成熟的时候放入炒好的鸡胸肉继续翻炒，最后加盐和黑胡椒。吃的时候把做好的鸡肉蔬菜平摊在饼的中间，卷起来吃。

还有一种类似鸡蛋饼。面粉用温水和鸡蛋调成糊状，在平底锅上摊开，不翻面，表面半凝固的时候从一边往另外一边卷，卷成锥形，做好的饼像蛋卷冰激凌下面的蛋卷。土豆切块，用马萨拉先炒后煮，然后把土豆压成土豆泥，吃的时候塞进锥形饼中，这个叫马萨拉卷饼。

纸条向对方展现了各自的生活，有意思吗？所有的爱情都经不起这样的追问，在他人看来毫无意义的琐碎语言在相爱的双方都意义重大。其间，依娜发现自己的丈夫有了别的女人，母家被经济问题困扰，唯一来往的楼上邻居也有烦恼……每一张纸条都带着依娜的饭菜香味；费尔南迪诉说晚饭是对面人家的温馨场面、独自吸烟的孤寂……午餐时间成为费尔南迪的幸福时光，依娜也期待着饭盒中载着纸条回来。

接下来，当然有约会。依娜等在咖啡馆里，费尔南迪却退缩了。第二天，费尔南迪接到了空的午餐盒，费尔南迪写的回条里说这是自己应得的惩罚。他描述了自己的心情，为自己的衰老而悲哀，为依娜的年轻而自卑。他静静地坐在咖啡馆的另一边不敢前去，默默欣赏自己心仪的姑娘。

女人是食物和爱情的贡献者，男人是享用者。片子不给答案，每个观影者都可以给出一个自己的结尾，即使在印度，依娜没有费尔南迪也会有别的人，总之一个消失了爱情的婚姻是依娜不想要的。

附：

马萨拉是指印度混合香料，通常由白胡椒、黑胡椒、丁香、肉豆蔻、黑孜然、孜然、肉桂、草果、小豆蔻、花椒、芫荽籽等粉末混合而成，加进辣椒粉和黄姜粉就可以制成辣的马萨拉。

山海味道

食物：海苔便当

口味：山的味道和海的味道

做法：来自山里的味道垫底＋蔬菜＋海的味道＋米饭，最上面盖上海苔，压实

片名：幸福便当

导演：绪方明

编剧：铃木卓尔

主演：小西真奈美，冈田义德，村上淳，岸部一德，佐佐木りお

类型：剧情 / 喜剧

制片国家 / 地区：日本

语言：日语

上映日期：2009-09-26（日本）

我不知道上学上班带中午饭在其他国家是怎样的，《午餐盒》基本把印度带饭的事说明白了，《幸福便当》说的是日本幼儿园孩子带的午餐便当。

前几天刚刚看过国产小清新文艺片《分手合约》，何俏俏坐在校园的长凳上，天天接到李行送来的铝饭盒，里面装着李行做的各式午餐。“吃”是爱情的死穴，选“食物”是打开爱情闸门的最好敲门砖。而那些和便当有关的电影一牵就是一串，北野武的《玩偶》里天天做好了便当到公园里等着爱人的喜，光良主演的《爱情灵药》里吃霉便当的制片人。

洋溢着丰盈美味与人情味的《幸福便当》，像很多来自漫画的影片一样，是根据日本漫画家入江喜和的《乃里子海苔便当》改编而成。我不大注意导演绪方明，以及小林靖宏（Coba）为电影创造的轻盈急转、巧妙绝伦的配乐，我感冒的地方是，美食设计师是我的挚爱——饭岛奈美，她设计的美食都是可以实践的，平民、亲切，让人觉得那是人间的烟火，如果想要尝试，也能够按图索骥地做出来。

31 岁的主妇永井小卷，无法再忍受老公的消极态度与行径，带着女儿乃里子回娘家开始独立新生活。乃里子超喜欢妈妈做的海苔便当，当她问妈妈为什么要工作时，妈妈回答说，那样我们就可以偶尔吃馆子了。乃里子却说，只要吃海苔便当就很好了……可见妈妈的海苔便当有多么好吃。乃里子如此热爱的海苔便当也被同学、老师和校长喜欢。小卷从卖海苔便当开始，开始了自己赚钱的独立生活。

海苔便当不像其他便当那样造型翻新。打开饭盒看到的总是一层黑绿的海苔，乃里子幼儿园的小朋友看了纷纷说："好像很难吃哦……""很苦吧？"但是挖开来却是层层的惊喜，吃饭像探宝一样。

片中可以操作的海苔便当有五六种，不论便当里是由什么组成的，最上面一层都是盖得严严的海苔，因此打开饭盒时看到的就是暗黑一层。第一款蛋松海苔便当共有五层，最下面一层是红烧萝卜和鱼肉拌饭，上面一层是炒菠菜，中间是紫苏饭，然后铺上蛋松，最上面盖一层海苔。说来简单，但其实是很麻烦的，如果前一顿吃的是红烧萝卜和鱼还好办，直接拌饭，炒菠菜要现做，紫苏饭是紫苏叶切碎加盐拌饭，一层一层依次码好，稍微压实，最上面是撕成小块的海苔。

小说一下紫苏，拌饭用的紫苏叶用刚刚长出的嫩叶，那样的紫苏既有类似八角的香气也有一点甜味，而当紫苏长至快要开花的时候，紫苏的叶子只适合做肉类了，此时的紫苏叶泛出苦味，去牛肉粒的腥气最好。

我把小卷做的便当图片发给办公室的同事们看，问，要是这样的午餐盒饭，你们打算给多少钱？有说最少 18 元的，也有出价 22 元的。我们公司的盒饭是 6 至 8 元钱，到中午的时候，门外面小贩卖的盒饭 8 至 12 元，同事们肯把价格主动提到 12 至 18 元的水平，看来小卷是能赚到钱的。

日本家庭主妇颇能在便当上用心思，幼儿园和上小学的孩子多是带便当的，每个孩子带的便当都是妈妈手艺的展示牌。黑柳彻子写的《窗边的小豆豆》中，小豆豆的校长就要求家长给孩子做的便当要有山的味道和海的味道，意思是要有土地里长的东西和大海里的海产品，这样，孩子的营养才会均衡，贫富差距大的家庭的孩子也不会有不平等的感觉。小卷做给乃里子的海苔便当既有山的味道也有海的味道，且不说好吃不好吃，营养是全面又全的。

有朋友去日本回来，带回一个煮鸡蛋的压模具，煮鸡蛋趁热的时候剥出来，放进各种形状的模具里，压成 Kitty 猫、苹果、草莓、心形、星星等形状，虽然觉得有点多此一举，但各种形状的煮蛋对小孩子来说的确比一只光溜溜的鸡蛋更有吸引力。压好形状的鸡蛋也可放进便当，稍微添加五官就是便当中的一景。

记得多年以前看过一部美国电影，名字忘记了。大概是一个失忆的有钱人家的小姐到了一个穷木匠家，穷木匠骗她说他的 4 个孩子是她的。小姐为那些孩子带午餐，不过是面包片涂果酱、花生酱，就把那些孩子全都搞定。

要是有一个做便当的比赛，我不知道头奖会花落谁家，但若论平时全体妈妈的功力，谁想和日本妈妈 PK 谁就是自找苦吃啊。

与《幸福便当》相比，《分手合约》里的盒饭难以复制，尤其是俏俏后来要死的时候，李行给俏俏做的盒饭都是五星级饭店菜式。要是吃那样的盒饭我还真舍不得去死。

麦片还是饼干

食物：燕麦片、燕麦饼干

口味：酥香

做法：燕麦片，工业化生产；燕麦饼干，燕麦片、面粉、糖、黄油混合揉成面团，分成饼干大小，压扁，烤

片名：燕麦饼干店（Flakes）

导演：麦克·勒曼

编剧：Chris Poche，凯瑞·柯克帕特里克

主演：亚伦·斯坦福，佐伊·丹斯切尔，伊莎贝拉·米珂，Christopher Lloyd，Gary Desroche

类型：喜剧

制片国家/地区：美国

语言：英语

上映日期：2007-12-19（美国）

有的电影片名翻译得离谱，像《燕麦饼干店》原名是*Flakes*，“flakes”既没有“燕麦饼干”的意思也没有“店”的意思，原意是片状的东西，比如和“corn（玉米）”搭在一起“corn flakes”是玉米片的意思，早餐时用牛奶泡着吃的那种速食品。片中所表现的是各种品牌各种口味的谷物片，比如类似玉米片的燕麦片、麦片、五谷片什么的。虽然是不出名的小片，但也不能这样啊。

电影说的是一个叫“Flakes”的小店的故事，小店主人威利是个老嬉皮，用从祖上继承下来的房子开了这间店，以卖各种麦片为营生。这个店开得简单极了，各种牌子的麦片放在格子架上，来人点麦片，倒入大小号的碗里，用一个类似咖啡机的牛奶机注入牛奶，加上一个勺子，就是一单小生意。比咱们开一个方便面店还简单，方便面还要烧开水呢。为了消弭食品的单调，小店里到处摆放着玩偶和一些奇奇怪怪的装饰，倒也不失有趣。威利平时坐在店里的沙发上和客人侃大山，讲述各种品牌麦片的历史以及自己的过去。

这么小的一个店，威利还聘请了一个经理——摇滚青年尼尔·唐斯。他正在努力攒钱出CD，有个一心支持他出CD的漂亮女友普斯·卡茨，还有一个各种老品牌（包括已经停产的品牌）麦片提供人（不知道他从哪里找到的停产麦片）。反角是窃取了威利的“Flakes”店名和经营创意的斯图尔特·茨威格，经过竞争、闹崩、和好、叛变、倒闭、重新开业等“你来我往”，最后是一个“happy ending”，威利胜利，斯图尔特关掉了自己的店去威利店里当了经理，尼尔和普斯以及尼尔的小伙伴们走上了摇滚的道路，各个情节推进中穿插着摇滚表演，是个热热闹闹的片子。

多数端上餐桌的食物都是先在家庭厨房出现然后再实现工厂

化，而玉米片则首先出现在工厂，即使是现在，家庭厨房也无法复制。威利在片中提到的“Kellogg's”牌麦片是麦片的发明者之一威尔·凯斯·凯洛格（Will Keith Kellogg）的麦片公司生产的。威尔·凯洛斯和他的哥哥医学博士约翰·哈维·凯洛格（Dr. John Harvey Kellogg）在19世纪末发明了玉米片，在那以后至今的100多年中，玉米片以让人望而生畏的速度在欧美普及，几乎是每一个家庭的日常食物，像我们的馒头米饭一样离不开。

现在，全世界的早餐桌上都会有玉米片和麦片的出现。简单地说，玉米片是脱皮去芯的玉米经过挤压熟化、切成小片后干燥而成的玉米制品。后来出现的水果、巧克力等各种口味的燕麦片、麦片、五谷片都是在玉米片的基础上变化出来的。19世纪末的美国崇尚吃大鱼大肉，约翰·凯洛格是一家疗养院的院长、医生，和他的弟弟威尔·凯洛格一起研究健康谷物食品，想把他们的病人从大鱼大肉中拯救出来，食用更加健康的谷物。美国人不像中国人会把玉米做成粥、饼、窝头、发糕等等，他们除了啃玉米棒子不会别的。所以约翰·凯洛格和威尔·凯洛格一直致力于研究一种口味好、上餐桌速度快的玉米食品，这样呢，脆脆的、用牛奶等泡一下就能吃的玉米片就诞生了。

燕麦饼干却是另外一种东西，是真饼干。主料是快熟燕麦片和等量低筋面粉，面粉稍多一点也行，加苏打、红糖、白砂糖混合后再与燕麦片混合；黄油融化稍凉后倒入蛋液，把上面的混合物倒入液体中拌匀，分成汤圆大小的分量捏成圆团再轻轻压扁，用烤箱烤，不放红糖烤至金色，放红糖烤成浅咖啡色便是了。

其中不是没有难点的。一是混合的时候，低筋粉和苏打粉要一起过筛，很多人嫌麻烦省去此道工序，吃的时候，饼干里会有小的难以捕捉的颗粒，那就是没有过筛的打结面粉，因为苏打粉的量少，所以和面粉一起过筛比较均匀。食素的人可以用植物油代替黄油。二是面团捏的时候如果发散就少放一点水，水温应该是室温或者30度以下，太热的水会让饼干发黏，如果面团太软可以继续加燕麦片和面粉。烤的时候，要根据自己烤箱的情况定制时间和温度，温度过高容易烤煳，饼干发苦，温度低饼干发硬，当然也可以加葡萄干、蔓越莓干、核桃仁、榛子仁、椰蓉等等。

燕麦饼干虽然属于入门级烘焙，但是如果你不做个几斤面粉的燕麦饼干，起码也要做十几次，否则你并不知道我上面说的是什么。这款“三高”饼干适合北方冬季的下午，吃一块非常饱腹，再喝一杯咖啡或者牛奶，就能抵挡下班途中的寒冷了，有了这个时段的这块饼干垫底，想要减肥的美眉晚上不吃主食只吃蔬菜也能比较愉快，反而比饥寒状态下进食晚餐要好。

虽然燕麦片和燕麦饼干不是一回事，但它们还是有共同点的——口味都要酥香。办公室放一袋麦片或者一听手作的燕麦饼干是明智之举，平时当零食，如果偶尔错过午餐，再加一盒牛奶就可以当作午餐了，虽然没有山的味道和海的味道，能量肯定是够的。

好吃饺子

食物：俄罗斯饺子

口味：中国北方水饺的完美发挥

做法：猪肉、酸黄瓜做成馅，面皮包之，牛骨汤煮

片名：女狙击手

导演：谢尔盖·马克利斯基

编剧：马克西姆·布达拉，Maxim Dankevich，Leonid Korin，Egor Olesov

主演：尤利娅·别列希尔德，叶甫盖尼·茨冈诺夫，Joan Blackham，Anatoliy Kot，奥列格·瓦西里科夫

类型：剧情 / 爱情 / 传记 / 战争

制片国家 / 地区：俄罗斯 / 乌克兰

语言：俄语

上映日期：2015-04-02（乌克兰 / 俄罗斯）

2015 年俄罗斯和乌克兰联拍的电影《女狙击手》，影片开始是二战时期德国进攻苏联之前的和平时光，柳德米拉以优异的成绩考入莫斯科大学历史系，妈妈在家为她庆祝。案板上一张擀开的大面皮，柳德米拉用玻璃杯在上面压，阳光从窗子散入，柳德米拉年轻的脸庞笼罩着柔和的光晕——和妈妈一起包饺子的女孩在那个时候，怎么都不会想到自己会成为狙击手，成为 309 个法西斯的终结者。

身边的女孩问，她们做什么呢？我说，包饺子啊。女孩问，俄罗斯人也吃饺子？我说，嗯，我爸爸做过俄罗斯饺子，酸黄瓜馅的，很好吃，哪天我们做一次。女孩遂很欢心，跃跃欲试地说，我来压饺子皮。俄饺的饺子皮像柳德米拉妈妈那样擀成一大张，然后用杯子在上面压出一个一个小的圆形面皮，剩余的面重新擀，如是反复几次。和中国饺子最大的区别还不是饺子皮的做法和饺子的形状，而是用牛骨汤煮，中国饺子用水煮。女孩恍然，哦，就是饺子馄饨啊，他们学乱了。我笑。俄饺是从中国传过去的，传播的过程中一定有馄饨的信息，有汤有水，有面有馅，形状也没弄特别清楚，就把饺子煮进了汤里。

酸黄瓜猪肉馅饺子最有俄式风味。秋天的时候，用茴香籽、香叶、洋葱、胡椒等腌渍酸黄瓜。酸黄瓜是俄罗斯典型的冬储菜，同样的方法也可以腌辣椒、西红柿、甘蓝等等，这种腌菜在德国、捷克、匈牙利、波兰等欧洲国家也很常见。现在超市里有酸黄瓜罐头卖，一瓶罐头里的酸黄瓜可配 400 克肥瘦相混的猪肉馅，小块黄油化开，在肉馅搅劲的时候加进馅里，还要加洋葱碎，其余与中国饺子一样放调料。黄油、酸黄瓜、洋葱这几样是中国饺子很少用的食材，再就是用牛骨汤煮饺子，使得俄饺一下就把自己和中国饺子分开了。俄饺还有牛肉馅的，加胡萝卜、洋葱、辣椒碎。

俄饺可以像馄饨那样，汤和饺子盛在一个盘子里，还可以把饺子汤当汤类上，饺子当作第二道菜。俄饺也有蘸料，一般是沙拉酱或者酸奶，土豆沙拉或者蔬菜沙拉可同时登场。伏特加放进像我们的水杯一样的透明玻璃杯，以前北京喝二锅头用的一种玻璃杯叫小树林，俄罗斯现在还有，迎头即干，几杯就喝高了。俄饺既可以当作一道菜摆上宴席，也可以单独成席，上面说的《女狙击手》里的饺子、沙拉就是一场以饺子为主的家宴。像我们北方一样，俄饺也是比较隆重的日子才做的。

原以为中国和中国周边国家比如朝鲜、日本、越南、印度等应该是饺子盛行的地区，但在遥远的意大利、匈牙利、西班牙、墨西哥、巴西，都有饺子的身影。

我在西班牙马德里圣米盖尔菜市场看到的西班牙饺子是油炸的，超大，一个饺子就吃饱了，有鸡肉馅和牛肉馅的。圣米盖尔菜市场人声鼎沸，酒、咖啡、生蚝、各种肉串、蔬菜串、西班牙火腿等等等等，无数美食，既是出售生鲜鱼肉的菜市场，也是酒吧和咖啡屋的混搭。

朝鲜饺子以猪肉、牛肉馅为主，也有鲅鱼馅的，加大量辣椒，用水煮。饺子在日本是煎的，馅料和中国基本一致，肉菜混合，也有鱼肉馅的，体现日式风格的是味淋，中国饺子里的酱油换成味淋，馅里加日本特产鲣鱼花，因为是煎饺，所以饺子形状略长，便于在锅中站立排列。电影《厕所》（不要被片名恶心了）中有饺子的场景。这是发生在美国的故事，女儿去世了，留下了三个孩子，一句英语不会说的外婆从日本去美国，和三个性格各异的孩子同在一个屋檐下。外婆会做煎饺，日本老太太认真的样子，包饺子也像发生了大事般郑重。女儿去世后，第一次有人用做好的晚餐把孩子们聚在一起。日本煎饺各个清晰，饺子底儿煎得焦黄，看上去就有食欲。

印度饺子个头更大，鸡肉馅的居多，烤的。墨西哥饺子用洋葱、牛肉、番茄、荷兰芹做馅，饺子皮不是擀的，而是用手压成长方形，包好后放进用番茄、辣椒、洋葱煮好的调味汤里煮。意大利饺子也是肉菜混合，与中国饺子的区别是馅里面放干酪，牛肉剁成肉糜，干酪、洋葱弄碎，加蛋黄，有时也加一些菠菜，还有加柠檬皮碎的。牛肉也可以换成鸡肉。意大利饺子皮是把面擀成大片，切成长条，一勺勺把馅在长条面上排列，再用同样的一条面片盖上，合在一起压好，然后用刀一一切开，水煮。此外，匈牙利的饺子有水果馅的，也有土豆泥馅的，委内瑞拉的饺子听起来有点恐怖，是白鼠肉做馅，黑麦做皮。

像所有的食物一样，在从甲地到乙地的传播过程中必然会和当地的物产、人们的口味相结合。不论是肉馅、菜馅、水果馅，也不论是小麦面粉、黑麦面粉、荞麦面粉，还是半月形、三角形、正方形、长方形，甚或水煮、汤煮、油炸、煎、烤，万变不离其宗的是——饺子由馅和面组成，面皮把馅全面包住，然后煮、蒸、煎、炸之，影视剧呈现出的饺子不过是冰山一“饺”。

面条面条

食物：番茄意面

口味：酸鲜

做法：番茄酱、洋葱碎、牛肉糜、黄油等炒香，加进煮熟的意面继续炒

片名：美味情缘

导演：

斯科特·希克斯

编剧：

卡萝·富克斯，桑德拉·内特贝克

主演：凯瑟琳·泽塔-琼斯，艾伦·艾克哈特，阿比盖尔·布蕾斯琳，派翠西娅·克拉克森，珍妮·瓦德

类型：

剧情/喜剧/爱情

制片国家/地区：

美国/澳大利亚

语言：英语

上映日期：

2007-07-27（美国）

面条在电影中出镜率高，东西阵营分明，东方阵营以中国面条、韩国面和日本面为主，西方阵营以意大利面为主。

有好几部中外影片叫《美味情缘》，我说的是凯瑟琳·泽塔-琼斯和艾伦·艾克哈特主演的《美味情缘》。凯特和尼克两个人都是厨师，在厨房里互相看不上，后来却互相吸引，牵线搭桥的就是一盘意面。凯特妹妹家的孩子祖患有厌食症，尼克却有能耐使祖乖乖吃饭。小女孩手持叉子把满盘的意面吃掉，吃得满脸是番茄酱汁，看到那情形就是不爱吃饭的人也会产生饥饿感。

几乎每一部提到意大利的电影，尤其是非意大利人拍的意大利电影中都会提到意大利面。《托斯卡纳艳阳下》中提到的西红柿肉末卤意面，好吃的秘方是加鸡肝酱；《性祈祷爱》里大嘴罗伯茨初到罗马的第一顿午餐是奶油培根鸡蛋面，上面有薄荷叶的装饰。

美食评论家殳俏说："当我们谈论意大利的种种面食的时候，这个概念包括了机器做的干面和手工做的生面；餐馆里大厨制作的面，家里妈妈和奶奶做的面；有着动物名字的面，比如蜗牛面、蝌蚪面、象眼面、蝴蝶面；有着植物名字的面，比如接骨木花面、绊根草面、芹菜面、菠菜面；各种各样的面条、面饺、大馄饨、小馄饨、面片、面疙瘩；包含着美好祝福的面，当然也有被揉进深深诅咒（咒你变成个胖子）的面。"

我喜欢细干面，中华铅笔芯粗细的意面，煮起来不那么费时间，又不至于煮烂——意大利面最忌讳的是煮得过烂。国内一般的西餐馆里都会提供意大利面，我吃过的多数更像中国炒面。

现在在家做意面是很容易的事情，大一点的超市都有干意面出售，旁边也一定会有各种口味的番茄酱，有了这两样打底，一盘意面也就基本定型了。不论什么口味的意面一定不能缺了橄榄油、洋葱、蒜，剩下的就是海鲜、肉类和蔬菜以及各种口味的调味酱，其中青芥酱比较另类，那口味不是一般人能消受得了的。每个大厨都有自己处理煮意面的方法，意面煮好，有的过凉水把意面表面的滑腻洗掉，有的摊开在漏网里加橄榄油挑散，防止粘连。不论哪种方法，我都喜欢咬起来有点硬芯的感觉，在舌面上又有点弹跳感的。橄榄油烧热，加入一小块黄油，放入蒜、洋葱炒软，加番茄酱和煮好的意面及其他一起炒，出锅的时候加符合自己口味的干酪丝。不论有没有经验，如果他是第一次吃意面，那么一定会把你做的这盘意面当作标准，像刚出生的雁鹅会把看到的第一个移动物体当作自己的妈妈一样。

东方阵营里，首推中国面条，各地都有自己的独特风味。《秋菊打官司》中出现的面条代表了中国西北面条的风格，像那个地域一样，西北的面也充满猛烈的香辣浓郁。秋菊到村长家讨说法，村长端着一个盆样大小的缺口青花碗，他老妈盘腿坐在炕里，也捧着一个二大碗，吸溜吸溜地吃面。影片的结尾，秋菊生了儿子，邀请全村的人来吃喜面宴，直径近两米的大锅，丈八的擀面杖，铡刀般的切面刀，一切都豪迈得让人目瞪口呆。

秋菊村里的面条是北方面条的代表，云吞面则是南方的代表。面条都是细面，以金丝面和银丝面为主，不仅要有面还要有馄饨。

现在想起《花样年华》，立即会想起拉丁曲的节奏中，苏丽珍拿一只保温杯去买云吞面的画面，昏黄的街灯、高领旗袍、小小的扭动的腰肢，手里一只保温桶，与周慕云碰面打招呼："买面啊？"……苏丽珍和周慕云在酒店里写小说，吃云吞面。周慕云用筷子挑出一缕面，苏丽珍坐在对面，说不出的暧昧和温馨，倒比在饭店里吃绿芥末牛排时的苏丽珍好看。云吞面，馄饨和面条的混合煮，馄饨，各种馅料的都可以，常用的是三鲜馅，猪肉要肥瘦适中，虾仁要鲜、颗粒大，各家都有自己的窍门，细面（银丝面）另煮，加汤（鱼和猪骨熬制的高汤）和青菜（一般来说是油菜）。蔡澜他老人家说，虽然云吞面的发祥地是广州，但想吃还得选择香港，香港的云吞面个大、料足、鲜虾够大只。

在亚洲，不能不提韩国冷面，在东北尤其是延吉一带可以吃到很正宗的冷面。荞麦面用面条机压出来，过冰块水，加酸甜咸汁，配牛肉片、煮鸡蛋、西红柿、萝卜丝、黄瓜丝、苹果梨丝等 20 多样配料，夏天是最受青睐的一款食物，有面有肉有蛋有菜有水果有汤有水，营养全面。因为做起来复杂，吃起来简单，冷面还是到饭店吃比较省事。《舌尖上的中国》导演陈晓卿对冷面情有独钟。

在日本，想吃拉面，自己不会把面拉成丝也没有关系，超市里有现成的，甚至方便面都有拉面风格的。《南极料理人》中那个没有拉面就活不了的大叔让人难忘，那大叔连罕见的极光都不稀罕，只为了不想错过碗中的那碗热拉面——凉了就不好吃了。

面条是对面粉最朴素的处理，面粉加水揉成面团，做成条状加热变熟。因为初始的简单所以给后续奠定了发挥的基础，可以加进去丰富的食材进行搭配，不论是以炒为主的意大利面还是以单独做好面卤相拌的中国面，都没有在面条上花费太多心思，而是把注意力转移到搭配的食材上，所以“卤子不要钱”不怎么符合经济规律。

小森的吃食

食物：铁炉烤

口味：焦香

做法：烧柴的铁炉一个，劈柴、“喂”炉子，红薯、土豆、饭团、面包、鱼……各种能想出来的东西放在炉盖上、炉腔里，烤制

片名：

小森林·夏秋篇

小森林·冬春篇

导演：森淳一

编剧：五十岚大介，森淳一

主演：

桥本爱，三浦贵大，松冈茉优，温水洋一，桐岛加恋

类型：剧情

制片国家 / 地区：

日本

语言：日语

上映日期：

2014-08-30、2015-02-14（日本）

日本电影《小森林》拍了两部，2014年的“夏秋篇”、2015年的“冬春篇”。季节不是按照春夏秋冬来的，而是夏秋冬春。电影说的是一个叫市子的女孩从东京回到老家——一个叫小森的村子，重新过起农耕生活的故事。小森像多数日本的乡下，也像我们现在的乡下，年轻人都去城里了，留下了老人和孩子。村民种水稻、蔬菜，养家禽，山里有野生的浆果、栗子、榛子，他们老老实实地劳作，享受大自然赐予的食物。如果想买东西，去最近的地方需骑自行车，车程是一个多小时，如果到超市，来回则要一天的时间。但市子在这里坚持住了一年，好像还能继续下去。片子里展现的是市子种稻子、蔬菜，储存食物，做果酱、酱油、纳豆、面包、饭团，炒青菜的琐碎生活，有好多美食呈现。

超级佩服网友的速度、激情与专业程度，我刚刚在网上找到日本电影《小森林·夏秋篇》，电影中的食谱已经出来了，图文并茂，“夏秋篇”的菜还没做全呢，“冬春篇”就出来了，那一阵颇忙。

市子家堂屋中间有一个取暖的炉子，这个炉子比市子家的房子、院子、菜园和稻田对我有更大的吸引力。本以为冬季取暖用铁炉，夏天却也烧这个铁炉子，祛湿的。烧柴后的余热200摄氏度左右，正好是烤面包需要的温度，一只面包胚放进去，炉子驱散了屋子里的湿气，也烤好了一只面包。面包切片，抹上市子自制的胡颓子果酱、榛子巧克力酱。美味对舌尖和胃的抚慰是对市子辛苦劳动的回报。冷的时候，这个炉子简直就是宝中宝，秋天的时候烤地瓜，冬天的时候烤饭团、烤印度薄饼……

地瓜洗干净，用锡纸包住，尾巴的地方多包一层避免烤煳，扔进炉腔里烤。烤熟后可以连皮吃，在地瓜瓤的软面里地瓜皮的嚼头反而有趣。饭团是放在铁网上烤的，然后在饭团上抹味噌。擀好的面皮扔到烤网上，面皮鼓起了肚子……

可以在炉子上烤着吃的东西非常多。记得小时候去爷爷家，四合院老房，冬天，会在堂屋的中间砌一个砖炉，白铁皮烟囱从屋子里穿过，炉子上面盖着四个圈套在一起的铁炉盖，用来取暖。铁炉盖拿掉两个小圈就可以放铁皮水壶烧开水，有谁饿了，拿掉一个中间的小盖，放一个小锅，煮粥、煮面，这个炉子并不用来做菜，做大家吃的饭菜还是在厨房的大灶。早晨生火，白天用湿煤压住，让炉火慢燃。我们找一切可以烤着吃的东西在铁炉盖上烤，干粉条、玉米粒、黄豆、瓜子、花生、冻馒头、冻豆包、土豆片、小鱼干……那个炉盖简直是烹饪的启蒙，激发了小孩把食物由生变熟的想象力和实践力。看着市子和闺蜜守着铁炉做吃的，我仿佛看到了小时候的自己，应该也是那样专注的神情。

抹在面包上的巧克力榛子酱。市子有一天在超市里发现的“nutella”牌的榛子巧克力酱，原来并不是妈妈做的“nutella”榛子巧克力酱。市子的妈妈经常给自己做的一些食物加上知名品牌，比如伍斯特酱油什么的。命名自己家做的食物是个好玩的游戏，而对于孩子来说，第一口的味道决定了他未来口味的偏好，因此市子认为“nutella”牌榛子巧克力酱就应该是妈妈做的那种口味。市子把榛子烤熟，用打碎机打碎，加水、糖和可可粉煮成黏稠状。我做过花生酱，烤花生打碎，接近粉末状更好，加水、糖和巧克力生坯煮成糊状的，因为没有放增稠剂，自己做的花生酱不像买的那么黏稠细腻，但口感的确不错。我想榛子、核桃等坚果类的东西都可以如是料理。烤榛仁的火候是非常难以掌握的，稍微过火榛子就会发苦，不能吃的那种苦，所以烤榛子宁可火轻不要火重，榛子如果去皮会去掉涩味，口感更好。

市子对母亲的记忆还有“伍斯特酱油”，像“nutella”牌榛子巧克力酱一样，也是妈妈自己的配方。伍斯特酱油并不是我们平时吃的酱油，是英国辣酱油，也叫“喼汁”，最早的品牌是英国的李派林（Lea & Perrins），因为生产地点是在伍斯特郡，因而命名为伍斯特酱汁（Worcestershire sauce）。由大麦醋、白醋、糖蜜、糖、盐、凤尾鱼、罗望子提取物、洋葱、蒜、芹菜、辣根、生姜、胡椒、大茴香等近30种香料和调味料，加热熬煮过滤制成。市子妈妈的配方是胡萝卜、生姜、辣椒（青椒）、芹菜叶、汤料海带、丁香、胡椒粒、青花椒、月桂树叶、鼠尾草、麝香草一股脑放锅里，加水盖过所有食材，中火煮，等只剩一半水的时候，再加入酱油、醋、甜料酒、粗糖烧开，然后过滤出酱油汁。市子后来在东京的超市里看到伍斯特酱油才恍然明白，原来是母亲的又一个“骗局”。但母亲说，还不是我做的好吃。伍斯特酱油黏稠味重，适合做牛排、猪排的蘸料，也可以在炖肉的时候当老抽用。上海的辣酱油即是源自此油。

电影与很多日片一样，缓慢安静的节奏，做食物的情节一波接一波，午夜看这样的电影，越看越饿。春天来了，市场里有农民在卖刺五加嫩叶、柳蒿芽、刺老芽（就是市子摘的楤芽），可以做野菜天妇罗了。

附：

夏季菜谱

烤面包

酸米酒

胡颓子酱

榛子巧克力酱

伍斯特酱油

雨久花

红点鲑盐烤鱼

西红柿罐头

秋季菜谱

炒通果草和肉馅通果草

核桃饭

洋葱醋炸鱼

烤红薯

鸭子各部位大全做法

炒小松菜（小油菜）

冬季菜谱

黑糯米南瓜双色蛋糕

纳豆糯米团子

冻萝卜

印度薄饼和蔬菜汤

红豆

煮面片

蕨菜

春季菜谱

野菜（延龄草、鹅掌草、楤芽）天妇罗。看截图判断应该是刺老芽，也叫刺嫩芽，学名龙牙楤木

冬花味噌

节节草

野蒜苗、鲑鱼、小白菜花意面

卷心菜硬叶天妇罗和嫩心蛋糕

煮土豆和土豆面包

无关相思

食物：红豆

口味：香、面、细、密

做法：红豆水煮熟加糖

片名：澄沙之味

导演：河濑直美

编剧：河濑直美，明川哲也

主演：树木希林，永濑正敏，市原悦子，内田伽罗，水野美纪

类型：剧情

制片国家 / 地区：日本 / 法国

语言：日语

上映日期：2015-05-30（日本）

如果煮红豆（抑或者其他豆子），我愿意选择秋天，新结的豆子，容易煮熟，不像春夏的豆子要浸泡一天一夜甚至更长时间，秋天的新豆只要浸泡两个小时就可以煮了。如果时间允许，我更愿意用一鼎厚 STAUB 煮锅，大火烧开小火慢煮，坐在阳台的藤椅里，隔着一道敞开的玻璃门，听豆子在锅里温和的小声咕嘟，绝不是“相煎何太急”的“豆在釜中泣”，我觉得那更像是一群喜欢聚堆儿闲聊的女孩，聊的是红衣裳温暖浴。

喜欢听豆子说话，我不是唯一。电影《澄沙之味》里的德江也喜欢倾听煮豆的声音。在这家铜锣烧小店里，老板用的红豆馅来自工业生产线，这让德江非常不满。德江是早已痊愈的麻风病患者，麻风病也早在 1996 年就解禁了，但大家还是对麻风病患者抱有戒心，麻风病人想要过正常人的生活是非常艰难的。德江 16 岁进到与世隔绝的病院，在病院里给大家做饭煮豆，50 年过去了，德江想要像普通人一样生活一下，因为喜欢铜锣烧店门口的樱花树，只有很少的工钱也想要在店里煮豆子。她相信，这世间所有生命都是会说话的，红豆也会诉说它们经历过的雨天、晴天，及它们遇见过的风。

德江煮豆子先要浸泡，并且要在第一次煮之后把水倒掉，同时用慢水冲洗豆子，这样能把红豆的涩味去掉。我的做法是浸泡的时候多换几次水，也能去掉涩味，而煮的时候，时间虽久却要一气呵成，为的是保持豆子的营养。

在东北，澄沙是指去掉皮的豆沙，红豆和绿豆都可以做澄沙，真正的绿豆糕即是用绿豆澄沙做的。澄沙包和豆包是有区别的。澄沙包是指用红豆沙做馅的发面包，用不去皮的红豆做馅的发面包叫豆包。还有一种黏豆包，是用大黄米面做皮、红小豆做馅的豆包，现在市场里卖的黏豆包多用黏玉米面做皮、大芸豆做馅，用甜味剂代替糖，当然是因为成本更低。

做澄沙的难点是豆子煮熟度不好掌握，太熟，豆皮容易和豆沙混，稍微硬一些，豆沙失去细腻软绵。煮豆的成熟度不仅仅与煮的时间长短有关，和红豆的品种、放置时间的长短都有关系。把红豆煮到恰到好处实属不易，难怪德江煮了50年的红豆才把铜锣烧的红豆馅做得那么完美。

我喜欢煮豆的时候多加水，煮好后把豆子捞出，红豆汤可以另外当饮料喝。捞出的红豆放入细筛网中，用一把大汤勺碾压，豆沙漏出，豆皮留在筛网内。如果不嫌口味粗糙，可以把豆皮放回红豆汤内，豆皮的营养也是其他食物不能代替的。取不粘锅，热锅化一点猪油（也可以用色拉油、无盐奶油，各有风味），把漏出的豆沙放入，小火慢慢炒，炒的时候分次放糖，炒至黏稠的时候关火放凉，然后把澄沙搓成圆子，用来做澄沙包、汤圆、青蒿饼等的馅料。做澄沙耗时费力，每次可以多做些，放入冷冻箱，随用随取。除了加糖，澄沙里还可以加入熟芝麻、花生碎、核桃仁碎等。

上面说的红豆是指一年生草本豆科植物，学名赤豆（Phaseolus angularis）。开黄色或淡灰色的花，荚果无毛，种子椭圆或长椭圆形，一般为赤色，这也是为什么叫红豆的原因。红豆原产于亚洲，中国栽培较广。在中医中药里，几乎所有能吃的东西都有药用价值，赤小豆在补血、利尿、治脚气等方面有明显的作用。女生想要瘦腰瘦腿应该经常吃红豆，一个女孩爱煲红豆汤，那多半是因为春天来了要穿裙子减冬肥呢。

王维写的生南国的红豆结在树上，叫海红豆，豆科海红豆属，是乔木。开白花，结红色的圆形果实，种子鲜红色，可以作装饰品。海红树木质坚硬耐腐蚀，是做支柱、船舶、建筑等的好材料。另有一种藤本相思子，虽然名字里有“相思”二字，但不是王维诗中的红豆了，种子半红半黑，也是蝶形花冠，学名鸡母珠，有剧毒，中药材。有的爱情带有毒性，这个鸡母珠倒是和爱情很搭配。

第四辑

深夜去哪里吃饭

爱丽舍宫女大厨

食物：松露鸡蛋

味道：旧床单味

做法：生鸡蛋和松露放在一个密闭的瓶子里

片名：
爱丽舍宫的女大厨

导演：
Christian Vincent

编剧：
Christian Vincent，
艾蒂安·科马尔

主演：凯瑟琳·弗洛，亚瑟·杜彭，Jean d'Ormesson，西波里特·吉拉多特，Jean-Marc Roulot

类型：喜剧 / 传记

制片国家 / 地区：
法国

语言：法语

上映日期：
2012-09-19（法国）

电影《爱丽舍宫的女大厨》讲的是丹尼埃拉·德拉珀希（Danièle Delpeuch）的真实故事。电影中的女大厨叫霍丹斯·拉博瑞，故事从霍丹斯结束南极科考站一年的大厨工作开始，由记者采访引出霍丹斯在爱丽舍宫当大厨的经历。美女、御厨、爱丽舍宫、密特朗总统，都是标题党的最爱，记者哪能放过。但实际不是这样的，霍丹思是个单纯的大厨，做的菜也是朴素的祖母味。

爱丽舍宫的厨房是男人的世界，一切皆由男人掌控。霍丹斯的到来让他们非常生气，所以从工作不合作、下脚绊到造谣霍丹斯和总统有绯闻，这是最容易不过也是最有效的打击手段。就是在这样的环境中，霍丹斯做出了总统喜欢的美味，得到总统的肯定，最后却不得不黯然离开。

我关心的焦点大家都知道，就是霍丹斯给总统做的都是什么好吃的？密特朗总统是法国的传奇总统，他经历过二战，曾在战争中受伤，与妻子非常相爱，也有情人、私生女，在卸任总统之前还把私生女引入公众视线。他爱女人，王后、女明星、女作家都是他的所爱，但是法国人民并不因此而讨厌他，仿佛这些是他与生俱来的魅力一样，接受总统便也接受他连绵不断的绯闻。

霍丹斯到爱丽舍宫给总统做的第一道菜是苏格兰鲑鱼酿甘蓝，这是一道祖母菜，不喜欢菜肴被过分装饰的总统一下就喜欢上了这道朴实无华的鲑鱼酿甘蓝。

滤布放在大碗的最底层，布上铺一层甘蓝叶，再铺一层鲑鱼，撒海盐，继续铺一层炒好的牛肝菌、香芹和肥肉丁，然后从甘蓝开始重复，最后用滤布把整个甘蓝鲑鱼包上扎紧，放在汤锅里煮。煮好的包捞出打开倒扣在盘子上，从外面看上去就像一颗煮熟的甘蓝头，把鲑鱼酿甘蓝切开，剖面的层次特别有画面感。霍丹斯说，我做菜的时候喜欢边做边说。好多厨师都喜欢在做菜的时候自言自语，这种习惯倒是方便了我们在看电影的时候学习烹饪。

另一道吸引我的菜是酥皮包牛里脊。此菜分皮和馅两部分，酥皮应该是油面酥皮，馅料是牛里脊，应该是三四寸长的整里脊做熟，然后滚迷迭香什么的香料碎，再用酥皮包好放进烤箱里烤。因为牛里脊是熟的，我想时间应该以酥皮烤好为准，切成厚片。其实这是一道很考验水平的菜肴，先不说里面牛里脊好味与否，单是酥皮，没有一定的功力也是不成的。酥皮一是容易硬，切的时候外皮易碎；一是不酥，切倒是能切完整了，但口味不佳，酥皮又不仅仅是“酥”这一项要求，其实靠近牛里脊的部分还应该软。省事的做法是买一包现成的速冻酥皮，高压锅做好牛里脊，里脊滚迷迭香末，用酥皮裹好烤制。另有一个打动总统的是开心果牛轧糖馅饼、蓝莓覆盆子干果派。看上去真真地诱人，理性抗拒感性喜欢，改善抑郁心情一定会有大大的功效。连医生也说霍丹斯的菜油脂太多、糖太多、热量太高。厨房里的钩心斗角、预算超支是一方面，霍丹斯的菜不符合医生的标准也是她离开爱丽舍宫的原因。可我们谁都知道，医生不准吃的才是好吃的。

法国黑松露在影片中一再出现。松露是一种生长在松树、栎树、橡树下的一年生天然真菌类植物，与肥鹅肝、鱼子酱合称为“世界三大美食珍品”。松露小者如核桃，大者如拳头。幼时内部白色，质地均匀，成熟后变成深黑色，具有色泽较浅的大脑状纹理，闻起来像天然气，味道像大蒜。也有人用麝香和经年未洗的床单味来形容松露散发出的复合味道。法国的普罗旺斯和萨尔拉是全球最重要的黑松露产地，意大利西北部的皮埃蒙特大区出产白松露。中国的喜马拉雅山脉的东南地区、西南的藏族、彝族等少数民族地区也是松露的产地。

这种菌类价格超贵，我们能吃到的松露酱据说其中含松露不到20%。曾吃过一次有松露碎的奶酪，当时不知道里面的黑点点就是著名的松露，还以为是黑芝麻呢！像猪八戒一样，就着面包咽下去了，没吃出是天然气还是旧床单以及什么什么味道。

影片开始即是霍丹斯在极地考察站指挥厨师把鸡蛋和松露塞满瓶子，让鸡蛋吸收松露的气味。我猜那便是松露味鸡蛋吧？如果照着片子做菜，此松露鸡蛋最好复制，然后煮之还是炒之呢？还有一次是往鸡肚子里面塞入松露，放进汤里煮，配小豆蔻和鼠尾草。看镜头里出现的那道菜最后有脆皮，应该是煮了以后又烤的。想来松露和鸡应该是搭配的，就像最普通的小鸡炖蘑菇，也是鸡和菌类的搭配。

一天晚上，总统悄悄来到厨房，霍丹斯被排挤，心情郁闷。总统说："听说你采购到了上好的松露？"霍丹斯说："您的消息真灵通。"霍丹斯给总统烤了一片黑面包，涂了一层薄薄的奶油，又将切成薄片的黑松露铺上去，搭配红酒。哦，看上去就想张大嘴咬一口啊。总统说，有人一直和我对着干，这是我坚持下去的动力……

当霍丹斯完成了一年极地的工作以后，准备用赚来的钱去新西兰买一块地，专门种松露，那是她的挚爱。我从网上查到的资料是，2013 年 6 月，中国培植出了人工松露菌块。我希望松露像灵芝一样迅速白菜价，但不要像灵芝一样不灵了。

法国菜去美国

菜名：红酒烩牛肉

口味：弹韧香浓

做法：牛腩肉切块，用迷迭香、洋葱碎和红酒，或者其他你喜欢的香料混合腌制，热锅黄油加热，炒腌好的牛腩肉，加西红柿、茄子、胡萝卜等，继续加红酒慢炖

片名：
朱莉与朱莉娅

导演：诺拉·艾芙隆

编剧：诺拉·艾芙隆

主演：梅丽尔·斯特里普，艾米·亚当斯，斯坦利·图齐，克里斯·梅西纳，琳达·伊蒙

类型：剧情 / 传记

制片国家 / 地区：
美国

语言：英语

上映日期：
2009-08-07

红酒烩牛肉是法式家常菜，这道菜从法国传入美国并在美国成为传统菜多半归功于朱莉娅·查尔德。朱莉娅·查尔德，确有其人，美国早期的电视大厨。电影《朱莉与朱莉娅》中有她编写英文法国菜的清晰线索，也有现代人朱莉复制这些法国菜的故事。

《朱莉与朱莉娅》电影结构稍显复杂，在朱莉与朱莉娅两条线索上来回穿插。一条是朱莉娅在1949年随外交官丈夫保罗到法国工作期间，写成了一本给美国人看的法国菜谱《法国烹饪艺术一点通》，菜谱中的1000多道菜都是她亲手做过的。另一条是围绕朱莉·鲍威尔的，朱莉是纽约人，因为复制朱莉娅的菜而在博客上蹿红的作家。

朱莉曾从母亲那得来一本菜谱——朱莉娅·查尔德于1961年出版的《法国烹饪艺术一点通》上册，工作生活乏味的朱莉决定要在一年内，做出书中所列出的524道菜。说来，朱莉对朱莉娅推崇也不是一天半天了，她从小喜欢朱莉娅，看过朱莉娅在电视上教人做菜，她犹记得有一次家里宴请重要客人，妈妈按照朱莉娅的菜谱做的红酒烩牛肉，那是她温暖的童年记忆。

这个菜是经典的法式乡村菜，做法国菜可以从它入手，朱莉也是如此。我的做法是牛肩肉或者牛腩切成麻将块，加洋葱碎、迷迭香、香叶、黑胡椒、红酒等腌2小时。土豆、胡萝卜、茄子、西红柿切块。热锅起油，加小块黄油，黄油融化后，煸炒洋葱和蒜碎，炒香以后加腌好的牛肉炒，牛肉炒变色加红酒和牛肉高汤，没过所有肉，大火烧开，小火慢炖一小时。然后加蔬菜和盐，小火继续慢炖40分钟，最后收汁出锅。

红酒烩牛肉，牛肉软烂，蔬菜味透，有浓郁的红酒香味。趁热吃最好，搭配红酒和法棍面包片。其实，搭配米饭也不错。

朱莉从第一天的韭葱土豆浓汤开始实践，到第130天的第201道菜：他们捕杀了龙虾！龙虾菜难倒了朱莉，当她把活龙虾放进蒸锅并使劲盖上锅盖，锅盖却被龙虾一脚蹬开，朱莉吓得不轻，尖叫着跑出厨房，埃里克出来为她盖好锅盖，现代版的英雄救美不过是和龙虾战斗。最后是第365天的第524道菜：回归到自身的简单。一些大厨的拿手好菜往往是最简单的小菜。

朱莉白天依然要上班，晚上回家做菜、写博客至深夜，吃了半年多的黄油长膘食物以后体态日渐丰满，生活有点乱，和埃里克发生了矛盾。但美食是和爱人沟通的最好媒介，朱莉和埃里克最终恢复恩爱生活。524道菜越做越精彩，朱莉能够做出完美的香橙巴伐利亚布丁，还能给一整只鸭子剔除骨头。镜头里，那只烤鸭有面皮做的外壳，和全聚德烤鸭完全不同。

朱莉的法国菜博客逐渐引起大家的注意，有网友给她寄来酱料，也有人骂她是龙虾杀手等等。2002年的朱莉像我们中的很多人一样通过博客传达着自己的生活状态、体验和观点，借此理清自己生活、爱情和工作的思路。朱莉的博客不仅受到读者的追捧，拥有了越来越多的粉丝，也引起了纽约时报和出版业的注意，一条通往作家的道路经由烹饪而获得。

回到1949年，朱莉娅随外交官丈夫到法国工作，外交官的媳妇也想要做事情，朱莉娅不想闲待着，于是去了蓝带厨艺学校。虽然她听不懂老师说什么，但她能够做出那些美味，在全是男人的职业大厨班里和他们比拼——切洋葱、搅蛋黄酱都能成为冠军。在别人看来繁重不堪的厨房工作却让朱莉娅感到快乐。她宴请朋友，给丈夫做巧克力蛋糕，那么多的愉快从法国菜中源源不断地传给朱莉娅和她周围的人。那时还没有一本用英语写成的法国菜菜谱，于是朱莉娅决定做这项工作。单是把上千道菜的食材量化就不是件容易的事情，但朱莉娅顽强地进行着自己的计划。菜谱写成了，历尽周折终于出版，书名即是鼓励朱莉前行的《法国烹饪艺术一点通》。

朱莉与朱莉娅没有见过面，在朱莉尝试第 524 道菜的时候，朱莉娅已经 90 岁高龄，虽然她没有明确说不喜欢朱莉，但也没说喜欢，在忐忑中朱莉终于明白了自己心中的朱莉娅才是最重要的。

朱莉成了作家大厨或者是大厨作家，和埃里克去参观朱莉娅博物馆，朱莉娅的厨房已经成为人们参观的地方。在朱莉娅的大幅画像前，新一代大厨朱莉仍然是一个小小的粉丝，摆出各种姿势和画像合影。我喜欢片尾的处理方式：朱莉离开博物馆的时候在朱莉娅的画像前悄悄留下一块她们共同的挚爱——牛油。

除了巴西烤肉

菜名：椰汁鸡肉饭

口味：仿佛椰风拂过脸庞

做法：炖鸡时加胡萝卜和土豆，用滤出的鸡汤和椰汁饮料做米饭，米饭盛出，盖上鸡肉、胡萝卜和土豆

电影：刑男大主厨

导演：Marcos Jorge

编剧：Fabrizio Donvito，Cláudia da Natividade，Marcos Jorge，Lusa Silvestre

主演：朱奥·米格尔，Fabiula Nascimento，Babu Santana，Carlo Briani，Zeca Cenovicz

类型：剧情

制片国家 / 地区：巴西 / 意大利

语言：葡萄牙语

上映日期：2008-04-11

关于巴西饮食，我只知道巴西烤肉，而且不能确定我曾经吃到的是不是巴西烤肉。相比之下，我知道的巴西足球要比巴西饮食还要多些，罗纳尔多、罗纳尔迪尼奥、卡卡、内马尔等等，他们在绿茵场上的英姿令人赏心悦目。这部《刑男大主厨》展示了巴西的油炸鸡肉包、土豆烩牛肉、椰汁鸡肉饭，甚至烤乳猪，就是没有巴西烤肉。

影片男主人公诺南多是个巴西农民，进城讨生活，没有钱、肚子饿，去餐馆吃霸王餐，被老板波多揍了一顿后留在了餐馆做工。波多开了一家破破烂烂的小餐馆，主卖油炸鸡肉包和炸咸派，老板兼厨子，做的菜巨难吃，诺南多学会油炸鸡肉包以后把油炸鸡肉包变成了店里的招牌菜。

油炸鸡肉包，面粉发酵揉团擀成薄饼，里面放鸡肉馅料，捏好边儿，做成新生鸡雏大小的包子，有点像圆屁股的麦穗包子，然后放进锅里油炸。经常到这家饭店吃饭的妓女依莉雅发现了油炸鸡肉包的改变，对诺南多赞赏有加，连吃不已，这个有着旺盛的性欲+旺盛食欲的女人把诺南多完全迷住了。

吃霸王餐让诺南多把油炸鸡肉包做成了名点，一盘剩菜——土豆烩牛肉让诺南多把一家意大利高级饭店的老板波卡乔征服。波卡乔看中了诺南多的大厨天赋，挖角成功，诺南多到波卡乔的高级意大利餐馆当了厨师。波卡乔真心喜欢这个乡下小子，从去菜市场买菜开始教起，直教到怎么欣赏红酒。诺南多的厨艺突飞猛进，他的高超厨艺为他日后做牢饭奠定了坚实基础。

波卡乔也被依莉雅吸引，诺南多看到波卡乔和依莉雅亲昵，怒火中烧，杀了波卡乔，进了监狱，他却凭着好厨艺和鬼心眼在地狱般的巴西监狱里混得风生水起。

监狱里能有什么好吃的？巴西监狱，只要有钱和势力，连烤全猪盛宴都可以做出来，还可以召妓、指挥监狱外面的生意。监狱内生存条件极差，8 个人 6 张铺位一间的牢房是最豪华的，人多的监房有 30 多人。上下铺三层，老大睡顶层，等级最低的睡在地板上。吃的更差，肉糜米饭里蛆虫蠕动，监狱里的犯人经常为了恶劣的食物而发生暴乱。诺南多住的牢房居然有一个破电炉和一把缠着胶布的刀，有了这两样基本的厨具，诺南多和监狱老大布乔说，只要有迷迭香、洋葱、黄油、大蒜、胡椒、盐……就可以做出好吃的。他开始在牢房里煎炒烹炸。

首道大餐是椰汁鸡肉饭。分别做好鸡肉、米饭，将椰汁和鸡汤浇在米饭上，摆上鸡肉。与其说是椰汁鸡肉饭不如说是椰汁鸡肉盖饭。最好吃的鸡腿当然是老大布乔的，诺南多不仅征服了布乔，而且凡是吃到诺南多做的美食的狱友都为他倾倒。

我的椰汁鸡肉饭是这样的：炖鸡的鸡汤滤去固体物，和椰汁一起放入淘好的大米中，做成米饭，配鸡肉和花椰菜、红绿椒等。

因为诺南多做的饭菜博得了布乔的欢心，诺南多从地板升到一层床铺，又升到二层床铺，最后升到了顶层床铺。

不用说波卡乔的现代化厨房，就是与波多的小破厨房相比，监狱里的一个电炉和一把小刀也过于简陋。但厨房和厨具并不是决定美味的关键，决定美食的关键是诺南多的天赋。我喜欢诺南多在监狱里用一只电炉煎炒烹炸甚于他在波卡乔宽敞的大厨房里伸展拳脚，真正的好厨子像诗人和艺术家，没有对美味的天生敏感和处理的能力是不能成为一个伟大厨师的。

有没有想起《香水》中那个连石头、水、铁的气味都能分辨出来的格雷耶？他凭着非凡的嗅觉和对香的感觉，就能准确搭配出别的香水师用滴管也配不出的香水。诺南多也属于这一类人，他不用电子秤来称量迷迭香、鼠尾草、盐的几毫几克，一切都是信手拈来，他做的椰汁鸡肉饭，会让狱友抑郁——出狱了吃不到这样的美味怎么办？

在南极吃拉面

食物：拉面

口味：Q 弹，温暖，治愈

做法：拉面水煮捞出，各种肉菜做汤浇到拉面上

片名：南极料理人

导演：冲田修一

编剧：冲田修一，西村淳

主演：堺雅人，生濑胜久，古关安广，丰原功补，高良健吾

类型：喜剧

制片国家 / 地区：日本

语言：日语

上映日期：2009-08-08（日本）

《南极料理人》当然不会被我错过，有一阵儿我对电影的评价甚至以电影里有没有做菜的为标准。

西村淳做的饭团，仿佛在哪里见过。后来发现，设计菜肴的是料理设计师饭岛奈美和榑谷孝子。西村做的饭团和《海鸥食堂》里幸惠做的饭团非常像，饭团里的鲑鱼条改成了鲑鱼子外面包一片海苔。这个饭团被我实践过，因为冰箱里有现成的鲑鱼子，海苔到处有卖。话说鲑鱼子，不论怎么吃都有一股腥味，经过多次试验，两粒鱼子加两粒洋葱碎和三粒酸黄瓜碎一起咬，洋葱和酸黄瓜能把鱼子的腥味盖住一些。如果吃不惯鱼子，这个饭团也可以尝试，饭团里的鱼子腥气消减了很多；如果是鱼子的拥趸，那么这个饭团是非常不错的。我的饭团看上去应该比西村和幸惠的小，一个饭团两口，方便食用。因为找到的海苔纸是零食的那种，不是整张的。可是我总觉得缺点什么，应该是汤或者配菜。

说回来西村这个人，现实中确有原型，影片是根据西村淳的散文集《乐趣南极料理人》及其续篇《乐趣南极料理人：欢笑餐桌》改编的。西村淳曾作为第 38 南极地区观测队的厨师被派往极地，散文集中记录下了种种发生在南极的趣事。导演冲田修一（拍片时才 31 岁，得过黑泽明奖）在考虑新片题材时“邂逅”了西村的作品。“我非常喜欢拍家人朋友一起围着餐桌吃饭的场景，那时碰巧遇到了《乐趣南极料理人》这本书。书中充满活力的文体描绘了在南极地区条件最严酷的‘富士圆顶基地’里观测队员们开心地用餐、生活的样子。”冲田说。根据这套书，冲田修一拍出了温情喜剧《南极料理人》。

一个人一年要吃多少东西呢？一顿！这是西村说的。西村成为基地的厨师，要去南极工作一年，负责另外 7 个队员的伙食。他要带足 8 个人一年的食物——8 吨。南极基地平均气温零下 57℃，看不到植物和动物，他们的那个基地连企鹅都看不见。很少的娱乐活动，一个中国文化研究会——打麻将，还有饭桌大小的乒乓球台。除了工作，剩下的乐趣少之又少。这“食”就担负了多重意义。每一顿饭，西村都会竭尽所能地做得完美，用很多奢侈的食材，比如龙虾、鲑鱼子等，没有新鲜蔬菜，他在南极基地培养出了豆芽……

南极基地的“白天”过去了，“黑夜”来临，漫长、寒冷的黑夜既是夜晚也是冬季，最低气温达到零下七十几度。队员的情绪也到了崩溃的边缘，出现各种状况。有人对黄油产生了极度的依恋，有人打卫星电话和陌生人聊天，还有人得了拉面缺乏症。气象学家金田浩一病不起，关节疼痛，说自己感冒了。西村说，这里没有细菌，不可能感冒的。金田浩说身体里没有拉面就会产生类似感冒的症状。金田浩站在西村的门边，泪眼蒙眬地央求西村，不要叉烧肉，只要有面和汤就行，“我的身体里面必须有拉面啊”。

做拉面需要碱水，西村没有。过了几天，冰雪专家说，所谓的碱水就是盐和碳酸的产物，说到底是化学反应，西村终于用盐等做出了拉面。金田浩对着拉面幸福地发笑时，有人冲进来说出现了美丽的极光，但极光也没能让金田浩动摇，他说，拉面会冻的，没有筋道该不好吃了，于是继续埋头苦吃。那种从食物中获得的满足是其他什么也不能代替的。

收了片子，我立即去厨房做拉面。冰箱里有超市买的拉面，还有熟食店买的猪排骨。排骨剁成段，深锅加水没过排骨，加入生抽、老抽、花椒、大料、葱段、姜片，中小火煮开加盐，捞出排骨，汤汁过滤。另取深锅加水烧开，放入拉面，大火煮熟，煮熟后用凉水洗掉拉面上的滑腻，盛到碗里。用煮拉面的水烫一下油菜，捞出洗净。拉面上放排骨、油菜，浇排骨汤。不要说南极几个月的黑夜，就是几小时的黑夜也需要一碗拉面的安慰，要不做梦都不容易幸福。

演西村的堺雅人，我的搜狗拼音里有他现成的名字，是名人啊。表演温厚朴素、中规中矩。笑和哭都是在认真表演，一切都是努力的。有时候看着日本演员觉得他们表演得太用力，有时候又觉得，日本人就那样，做什么都用吃奶的力气来做。

一年过去，西村等队员回到日本，大家都找到了各自的家人，西村的妻子、女儿和儿子也在迎接西村。西村剪短了头发、刮净了胡须，穿上西装，回到平常的日子，但南极的一年能让谁平凡呢？金田浩更是终身不能忘记南极的那碗拉面，那是南极大厨西村的功劳。

木瓜沙拉啦

食物：木瓜沙拉

口味：酸甜咸鲜

做法：种一棵木瓜树在院子里，结出果实时，摘下一个木瓜去皮去籽切丝，用喜欢的柠檬汁、鱼露、醋、盐相拌

片名：游泳池

导演：大森美香

编剧：大森美香

主演：小林聪美，加濑亮，伽奈，もたいまさこ

类型：剧情

制片国家 / 地区：日本

语言：日语

上映日期：2009-09-12（日本）

《游泳池》的开始是日本中年妇女京子和一个泰国小男孩小 B 在讨论晚餐吃什么。青木瓜沙拉、蟹籽咖喱饭、糖醋里脊、泰式油炸荞麦面、海鲜寿司……这些食物放在一起，就是一个完整的宴席，头盘、主菜、肉类、水产、蔬菜、水果、米饭、面……全的。

开头的这一桌子泰式风格的菜非常吸引人。之所以有这样丰富的晚餐是因为大厨京子的女儿小夜从日本来泰国看妈妈，这属于接风宴。京子和小夜都是不大会表达的人，京子明明是热切地期待小夜却做出漫不经心的样子，而小夜也是，站在酒店的餐厅——一个巨大的没有围墙的伞形草屋里的时候看着一桌子等待她的人，却说不想吃了，要回房休息。

京子是个任性的人，想一想什么地方好就要去住几年，宁可把女儿交给姥姥抚养。所以小夜认为自己是被遗弃的孩子，以各种别扭对抗京子也就不奇怪了。

如果出去玩，最先走的路线多半是港澳台、新马泰，我却一直没有去。不是为别的，只是因为泰国这种周边国家离着咱们国近嘛，所以一直没着急去。有朋友去清迈写作，说那里人少，住便宜吃美味，性价比高。看了电影才知道，原来日本也有些泰国迷。

在国内吃过一些泰国菜，都说自己正宗。但我想，是不是像美国的中餐馆，会做炸春卷、西红柿炒鸡蛋、宫保鸡丁就可以当厨师了呢？我对这样的馆子总是持怀疑的态度。泰国是热带临海国家，海鲜、蔬菜、水果丰富。泰国菜主要以鸡肉、海鲜、蔬菜和水果为主，口味辣酸甜，主食是米饭和糯米饭。

泰式沙拉也是我去泰式饭店常点的菜，用到的食材有木瓜、彩椒、小辣椒、柠檬等。在海南，木瓜到处都是，朋友的院子里有一棵木瓜树，结果多，想吃的时候去摘一个。红、黄、绿色柿子椒各半只切丝，蒜切碎、小红辣椒切圈，柠檬切半直接挤汁，再加鱼露、苹果醋拌均匀。鱼露是咸的，木瓜丝又用盐腌过，如果再加盐一定要少量了。柠檬汁酸度较高，所以苹果醋也要根据自己的口味添加。电影里的沙拉放在透明的玻璃碗里，因为颜色鲜艳，非常好看。我常常犯这种毛病，一道菜上来好吃不好吃还是次要，盛器和菜式的造型会成为我吃多吃少、吃还是不吃的理由。

蟹籽咖喱饭是一个做起来比较麻烦的饭菜混合的菜式。先做牛肉。牛腩肉切成小方块，反复洗掉血水，高压锅底刷橄榄油，把牛腩肉块放入锅中，洋葱、姜片、牛至、花椒、八角、迷迭香各少量，老抽、生抽，开水加入锅中，用高压档 30 分钟，压力放后开盖加盐再慢煮 30 分钟。把牛肉捞出，肉汤过滤。再做蔬菜，土豆、胡萝卜块放入煮锅，加入过滤出的牛肉汤，汤没过表面，慢炖，土豆熟了再加洋葱丝，洋葱丝稍微软塌的时候把先做好的牛肉加入，再加咖喱粉、番红花，一起煮至收汁。最后成品。咖喱牛肉盛入盘中，铺成均匀的盘底，取一个碗口直径为铺好咖喱牛肉 2/3 大小的碗，碗底铺一小勺蟹籽，盛入米饭，稍微压实，倒扣在咖喱牛肉上。蟹籽、米饭和咖喱牛肉口味丰富，我尤其喜欢蟹籽咬破时在牙齿间形成的小小爆裂，宁可过敏也要使劲地咬一口蟹籽饭。

做咖喱牛肉的时候可以做多一些，分成若干份冷冻起来。早晨用咖喱牛肉一份，煮土豆、胡萝卜都来得及，蟹籽用罐头（也可以不用），一小勺足够，米饭不要弄成很高的一碗，寸高的一层就行。

还忘了说电影片名为什么是《游泳池》，因为旅店的后面有一个游泳池，大家经常围在游泳池周围活动，包括几只流浪猫狗。大厨京子喜欢弹吉他唱歌，片中的歌曲是小林聡美作词作曲并演唱的，歌曲一般般，唱得一般般，但很真诚。

片名：地下餐厅

导演：Élisabeth Rappeneau

编剧：
Corinne Atlas，
Annic Le Goff

主演：
Hélène Vincent，
Élisabeth Vitali，
Camille Japy

制片国家 / 地区：
法国

语言：法语

上映日期：
2001-06-06

从地下到地上

菜式：火焰虾

口味：炙烤香酥味

做法：去皮、去线青虾裹浆油炸，淋红酒用火焰枪喷火

法国电影《地下餐厅》是一部温暖的片子。网上下载的片源不清晰，画面毛毛的，像以前在电影院里看的放过多次的胶片电影。我以为是 1980 年代以前的，但不是，是 2001 年拍的。片子里有大头电脑、老式诺基亚翻盖手机、纸版的婚纱照等，那时还在使用法郎，欧元是 2002 年开始流通的，那应该是使用法郎的最后一年了。巴黎一条小街里的三个女人，生活同时陷入了困境。加布里埃尔的丈夫卷了所有的钱离家出走，留下了她和女儿丽丽；萨拉的男友在地下潜水，不能和她经常团聚；帕梅拉的丈夫正在监狱服刑。加布里埃尔、萨拉和帕梅拉都没钱、没贷款资格，她们决心开一家地下餐厅渡过难关。

和美食有关的电影，有的直奔美食使劲，有的和饭店有关，经过艰难险阻或者几经周折终于开成了饭店。这个地下餐厅在中国，就是没有注册登记，没有经过工商、税务、卫生、消防等同意的非法饭店。怎么能把这样的饭店经营下去呢？

美食。虽然是开饭店的电影，里面又有一个有非凡天赋的大厨萨拉，但片中却没有重点表现美食。根据影片画面，我大概判断出有以下几道菜：土豆泥芝麻菜沙拉、千层茄子、火焰虾。其中的火焰虾应该有如下的做法：青虾去头挑去虾线加巴西里碎末和盐腌制，然后裹浆油炸至金黄色，另取平底锅加橄榄油略炒炸好的虾，烹进红酒，用喷枪喷出火焰，迅速用锅盖盖上熄灭火焰，再迅速开盖装盘。用焯水的秋葵和红萝卜小块做配菜。火焰虾既有炙烤过的肉类的味道又有虾的鲜香，因为用红酒喷烤，红酒的味道也会渗入其中。土豆泥芝麻菜沙拉其实是土豆泥沙拉最后加进芝麻菜的碎末，至于千层茄子应该是一层酱（大蒜、洋葱、牛至叶、番茄碎用橄榄油炒软慢煮成酱）、一层帕尔马干酪、一层茄子片，重复铺几次，最后一层撒上面包屑和马苏里拉奶酪，烤箱 190℃烤半个小时。就是这些让我不明所以的法式菜吸引了一批批的食客。

人才。《地下餐厅》不仅有厨师和招待，还有引路人和推销员。从小和父亲学做菜的萨拉有浑身的本领，出任主厨。帕梅拉自荐做门口的引路人。胡同里还有一个推销婚纱的小伙子尼古拉，答应为地下餐厅当推销员，从中提成。加布里埃尔做女招待也很有经验，于是继续她的招待工作。这样的一家餐厅，不要说在法国，在世界上任何一个国家都应该是被警察、税务、黑社会、邻居等各方“关注”的对象。

设备和场地。幸好加布里埃尔的丈夫给她留下了一个超赞的专业炉灶。萨拉说，有了这个炉灶“我什么都能做出来”，而其他厨房设备将就着用加布里埃尔家里的。他们把炉灶搬进了加布里埃尔的厨房，把冰箱挪进了丽丽的卧室。与想吃什么立即就能从冰箱里拿出来相比，冰箱的噪音和房间的拥挤都是丽丽能够克服的。餐厅和客厅摆上了桌椅，原本的居家装饰当作餐厅的装饰也别有一番风情。关键的时候，女人比男人能忍、能挺、能干。地下餐厅迎来了第一批客人。

营销。一个开在胡同居民楼里三楼的饭店居然每天都有 20 多位客人，真是酒香不怕巷子深啊。我特服尼古拉，原本是推销婚纱的，改成推销饭菜的了。到地下餐厅吃饭的人有邻居、朋友、银行职员和一些路人。开业第一拨客人就混进了几个逃犯，不仅没给钱，还把其他的客人也吓跑了。惊险过后来了新的客人，新客人又带来客人。几个家庭妇女居然在收获地下餐馆丰厚效益的同时还要谈谈情吃吃饭。这桩非法生意简直太顺风顺水了，顺得电影都进行不下去了。所以出现了小混混，出现了追求加布里埃尔的花花公子米歇尔。小混混被帕梅拉在监狱里的丈夫摆平，米歇尔也改了以往的花花心肠，一心一意地追求加布里埃尔，并且和加布里埃尔谈婚论嫁了。

走向地上。警察来了，把一干打架、吃饭、开黑店的人等都带走了，加布里埃尔、萨拉、米歇尔、吃饭的顾客高高兴兴地上了警车。法国人有把什么都变成欢乐颂的本领。加布里埃尔他们信心百倍，反正开地下饭店不是长久之计，反正要关门的，反正已经赚够开合法店的钱了。出了警局的几个女人又信心百倍地开始准备开合法的饭店，选址、谈价钱……

我又想，是不是也可以在家里开一个地下饭店呢？可是，除了把自己的家改成饭店以外，我还缺厨师、推销员、引路人、招待以及那个专业的炉灶……

片名：月满轩尼诗

导演：岸西

编剧：岸西

主演：张学友，汤唯，鲍起静，李修贤，安志杰

类型：喜剧 / 爱情

制片国家 / 地区：香港

语言：粤语 / 汉语普通话

上映日期：2010-04-02（中国内地）/ 2010-04-01（香港）

不论赔赚

菜式：蛋挞

口味：酥甜香腻

做法：淡奶油、牛奶、细砂糖小火煮开，加入打散的蛋黄，打搅成糊，注入蛋挞皮中用烤箱烤制

我小时候想当糖果柜台的售货员，能天天闻到甜甜的糖果味，尽情地吃巧克力，妈说我能把巧克力店吃黄了。后来想开个书店，卖几本自己喜欢的作家的书，还想开咖啡店……总之，我想开的那些店，听上去都不像能赚钱的样子。但如果不论赔赚呢？我就是想开这么一家小店，顾客爱来不来，爱买不买，我的生意爱做不做。

理想总是先在电影里实现。《蜗牛餐厅》里面的伦子开的蜗牛餐厅，就是一家不仅没考虑赚钱并且对顾客有要求的餐厅，顾客必须想出吃饭的理由，比如“恋爱”“想老婆”“快乐”等等，伦子做的饭菜能够帮助顾客实现心愿。

我的梦想之一是，或许可以买几座山来养着。什么都不做，就让山那么待着，不搞山林养殖业，就让大山自己决定长什么。曾看过一部电影，一个小伙子在山里开一家饭店，片里的画面和我的理想互相连接，形成新的蒙太奇。一条长满石楠的石头小径，爬山20分钟（那是我爬山的最长时间），穿过一截开满了黄色玫果花的断壁，才能到达一座石头垒成的屋子。前院种的杂花需要植物系的学生才能辨认出来，后院种着只管播种不管成长和收获的蔬菜，也许能长出模样不漂亮的西红柿、茄子、辣椒等等。至于在后山顾盼逡巡，带领它众多的妻妾在林间觅食的大芦花鸡当然也是我只管放不管养的鸡，其他的鸡鸭鹅狗猪等一干家禽、家畜也要自学成才，谁逃跑的本领强谁才能活得最长。石屋的主厨当然是我，菜式不由你我来定，而是由当季山里成熟的蘑菇、木耳、蔬菜和抓鸡人的体力来定。谁找得到吃的东西，我这个主厨才能给谁做啊。有人说，那不是去吃饭，那是去打猎。你放养的那些动物大部分活不下来，活下来的会自相残杀，被附近的人偷杀，哪还轮得到顾客去找？果真有剩下的还不得被国家认定为野生的啊？现在山鸡、飞龙都不准打了，还能有什么吃的？

我沉浸在想象中不能自拔，我要《月满轩尼诗》里给阿来和爱莲上菜的印度服务员来店里当小二，“单喝两倍算，不喝算三倍”。够狠！比“谢绝自带酒水、自备酒菜”还狠！也比家旁边那个早市上卖白菜的白菜哥“要买就买，不买别说不好又贵，我不爱听”说得有道理。最后阿来和爱莲又在那个店里约会，阿来和店小二说，不吃东西三倍算，要奶茶和蛋挞。蛋挞是个统称，像饺子一样有各种做法，仅蛋挞皮就有多种口味，最偷懒的办法是买现成的，然后做里面的蛋液就好了，淡奶油、牛奶和细砂糖一起小火煮开加入打散的蛋黄，继续打搅成糊，然后把蛋挞糊注入蛋挞皮中放入烤箱烤制。

要不我的小店就开在车库里，苹果公司诞生在车库的奇迹过去了，我的奇迹也许就来了。就叫“车库小裤兜”好了，白天是饭店，晚上搬开桌子还可以当车库。我没有《深夜食堂》里的疤脸麻斯达好脾气，只要客人点菜，他能做得出的就做，我只做我会做的菜——没有约定不接单，不会做的菜不做。保不准真的有人喜欢要求多多的饭店啊！人少啊！没关系，多了也只能接待 6 个人，因为我最多只给 6 个人做过饭。老友黛一直想排话剧，让她来我的“车库小裤兜”排练好了，吃饭的必须兼看话剧排练，不愿意看排练不给饭。黛听说我要开这样的饭店乐得什么似的。

我绝不要《低俗小说》中的毛贼“小南瓜”和“小兔子”俩待的那家饭店，没招谁没惹谁就来了一场横祸，谁能受得了那种折磨啊。也不能开《碧海蓝天》里恩佐喜欢的意大利面馆，人人喜欢享受生活，唯独开意大利面馆是最不享受的活儿，喜欢意大利面的都是挑剔的顾客。我不喜欢《教父》和《美国往事》中的酒吧，充满了杀戮、鲜血、阴谋，即使真的有黄暖光线中跳芭蕾的女孩也变成了扭曲的美好回忆。

还是要《功夫熊猫》中的阿宝和他老爸鸭子开的中国面馆吧，但不要那么多顾客，松鼠、兔子等小动物可以来，即使免单也赔不了多少，狮子、老虎、大象免谈，不免单也做不出大份。Noodles——面条，我总是在电影中学会一两个单词，现在不会几个英语单词连电视剧和话剧都看不懂了。以后，不会几个英语单词也开不了餐馆，万一阿宝和鸭子老爸来呢？

片名：深夜食堂

导演：松冈锭司

编剧：真边克彦，小嶋健作，松冈锭司，安倍夜郎

主演：小林薰，绫田俊树，不破万作，松重丰，安藤玉惠

类型：剧情

制片国家 / 地区：日本

语言：日语

上映日期：2015-01-31（日本）

深夜去哪里吃饭

食物：山药泥盖饭

口味：绵密不断的黏滑和米香融会贯通

做法：山药去皮蒸熟，用鸡高汤磨成黏稠的山药糊浇到新出锅的米饭上

深夜食堂是隐藏在新宿大街后面小巷里的一家小酒馆，深夜12点开始营业，早晨关门。老板没有名字，大家进店就招呼“麻斯达”，麻斯达是老板的意思，进谁家的店都可以喊麻斯达。麻斯达由小林薰饰演，脸上有道疤。无妻无子无名的这么个老板做他能提供给你的饭菜，虽然菜牌上只有一个套餐，猪排饭。影片开始就解答了大家的疑问，有人来吗？其实还不少呢。

这一阵常到深夜食堂的人有情夫过世后变得一无所有的情妇川岛玉子、身无分文闯东京的“东漂”栗山美知留、在大地震中痛失爱妻的大石谦三。

期待电影《深夜食堂》是因为同名日剧，自从2009年的第一季10集以后就一直追，现在已经出到第四季。剧情没啥，就是情节设计最后居然是怎么做菜，几乎可以当作做菜的教学片。食物设计师饭岛奈美，我是她的粉丝，忠诚地看了我能够找到的她设计菜式的所有电影，也买了所有找得到的她出的书籍。电影、电视剧均改编自安倍夜郎的漫画，我遂买来看，开始大陆没有引进，花了巨多银子买了台版的，后来大陆出版又买了一套。边追剧边复制剧里的菜式，像《朱莉与朱莉娅》里的朱莉复制朱莉娅的菜一样，我复制了《深夜食堂》里绝大多数菜式。

电影《深夜食堂》几乎是电视剧的原班人马，电影里出现的招牌饭猪肉汤定食、小寿寿喜欢的鸡蛋烧、小龙的挚爱章鱼香肠、OL三姐妹不变的茶泡饭都是电视剧里的主要菜式，电影里又增加的三个新菜——那不勒斯意面、山药泥盖饭和咖喱饭，分别对应玉子、美知留和谦三的故事。

三款菜式中那不勒斯意面和咖喱饭属于治愈系，分别安慰情人突然死去的玉子和海啸中失去妻子的谦三。那不勒斯意面和咖喱饭并不是日式料理的代表，那个山药泥盖饭更有典型性。

美知留身无分文，去深夜食堂吃霸王餐，被老板收留做工，山药泥盖饭便是美知留所爱。片中没有明确的做法，只能根据画面复制。铁棍山药去皮蒸熟，加鸡高汤用擀面杖磨成黏稠而稀的山药糊，浇到刚刚出锅的热乎米饭上。这一款山药泥盖饭口味曼妙，山药的绵密黏滑和米香融会贯通，淡淡的鸡高汤增添了油脂和盐味，但是没有画面感，白色的山药泥浇到白米饭上，看上去没有食欲，就是一碗糊涂饭。

在网上看到了电影版的《深夜食堂》，像薛蟠见到了柳湘莲，真是喜得一惊，连忙下来看，小有失望，好像看了三集加在一起的电视剧。电影版不是不好，而是我期待太高，追剧时间太长。

店在芬兰海边

食物：鲑鱼饭团

口味：来自田地的味道和海洋的味道

做法：糯米、大米做成饭，里面放鲑鱼，外面包海苔

片名：海鸥食堂

导演：荻上直子

编剧：荻上直子

主演：小林聪美，片桐入，罇真佐子，塔里娅·马库斯，马库·佩尔托拉

类型：剧情 / 喜剧

制片国家 / 地区：日本

语言：日语 / 芬兰语

上映日期：2006-03-11（日本）

是日本太挤还是怎么的？电影里看到的都是那种小小的店，即使幸惠把饭店开到芬兰赫尔辛基的海边也是一家小店面，几张桌子，每张桌子可以坐 4 到 6 人，这样的店若是开在日本也不算小了吧？但在赫尔辛基，那些高大的北欧人，呵呵。

饭店不叫饭店，叫食堂。幸惠说的，就是让路过的人可以进来吃饭的那种店。请教了单位里的日语翻译，他说，食堂是小餐馆，像我们北方的小饭店。因为日文的字样是“食堂”，所以就势翻成“海鸥食堂”了，翻译成“饭馆”“餐馆”要比“食堂”好些，而发音是“小裤兜”。我一下就记住了“海鸥小裤兜”，顺带想起了“蜗牛小裤兜”（电影《蜗牛食堂》，或译《蜗牛餐厅》）和“深夜小裤兜”（电影《深夜食堂》）。

电影拍摄于 2005 年，导演荻上直子是 1972 年出生的，那时她 30 多岁，演幸惠的小林聪美、小绿的片桐入是 1960 年代生人，演正子的罇真佐子是 1950 年代生人。这样几个年龄段的女人阶梯组合，少量的拍摄经费，小小的故事，食物、人情、日本以及芬兰风光，我大约猜出了电影的状态，果真是那种细致、平缓、温情的调调。

里面的菜式是设计师饭岛奈美设计的，饭岛奈美是荻上直子的老搭档，那些演员也都是荻上直子的老搭档，演幸惠的小林聪美和演正子的罇真佐子更是荻上的御用演员。

海鸥食堂的主菜单是饭团，梅干、鲑鱼或鲣鱼包在米饭里，外面是紫菜。我实践了一下，梅子是朋友从日本带回来的，酸甜咸，切成丁，鲑鱼也切成丁。糯米、米饭浸泡后做成饭，比米饭稍微硬一点，不要凉透，但不能热。包的时候手里抹一点色拉油，抹水也可以。手心涂色拉油，放两饭勺米饭，做出小窝儿，放鲑鱼丁（或者鲣鱼花）、梅干丁，包严，饭团放在紫菜片中间，紫菜片两边收拢粘到饭团上。饭团趁热吃最好。放凉了吃也不错，更有口感。鲑鱼和紫菜片都是咸的，饭团不用加盐。紫菜片我用超市里买的做寿司用的那种。

这是一道饭菜兼顾的菜式，我做得还好，与去过的国内日式饭店里做的饭团相比，我做的饭团米和糯米的质量更好，捏得更紧实，也符合我的口味。咬半口，露出里面绯红色的鲑鱼和紫色的梅干，仿佛雨后天空的霞掉下了星星点点，稍微用力，鲑鱼、梅干、米饭和紫菜的味道沉稳地铺陈开来，简单的食物也可以给人带来美好的享受。梅干的作用主要是让酸味冲开鲑鱼的腥味，所有的鱼类都要和酸的东西搭配。

幸惠、小绿还实验了驯鹿肉、海虾等芬兰常见食材做成的饭团，都不成功。我同时实验的红烧排骨和肉松饭团却不错，排骨是剩的，肉松是买现成的。先生说，何必麻烦？一口饭、一口鱼不就成了吗？我说，这就像饺子不能分别把肉馅和面片做好，一口馅、一口面地吃是一样的。

网上搜索饭岛奈美的网页和图片，都是日文的，连猜带蒙地也能把其中一些点心、菜什么的猜出来，试着做了几样，到底不是本土的东西，有些食材无处购买，有些工具不大凑手（虽然饭岛奈美会贴心地告诉你使用哪些工具）。后来买了饭岛的料理书《家庭味》《早餐礼赞》《电影食堂》什么的，按图索骥，做了一些自以为不错的菜式。其实，也没期待有什么惊喜，哄自己玩的。

《海鸥食堂》的拍摄地是在芬兰，雇用的演员也多是芬兰当地的，饭岛奈美给电影做的菜都是真的，她做的饭团常常在开机前就被演员吃掉了，只好重新做过。而每次拍摄结束，饭岛的道具食品都会被瓜分一空。这对于菜式设计师来说是最好的夸奖吧！

幸惠像我一样坚信“简单的食物”也可以很好吃。影片中出现的小饭店洁净、现代，菜式简单而美丽，我希望那都是现实中存在的，再去芬兰时，如果真的在海边有个海鸥食堂，我一定进去吃个鲑鱼饭团。

为什么叫海鸥食堂呢？影片开头就有介绍，因为赫尔辛基在海边，海边有海鸥。海鸥食堂使用的餐具是有绘画风格的 Iittala 餐具，国内已经有卖，多是盘子和杯子，一个杯子百元左右。贵的原因大家都知道，如果图好玩儿，买一两支也不会破产。

第五辑

牵手走过菜市场

牵手走过菜市场

菜式：法式蔬菜汤

口味：安慰焦虑的心

做法：土豆、胡萝卜、洋葱、香肠用橄榄油炒软加水烧开，土豆煮熟后放甘蓝叶

片名：天使爱美丽

导演：

让-皮埃尔·热内

编剧：

吉罗姆·洛朗，让-皮埃尔·热内

主演：奥黛丽·塔图，马修·卡索维茨，贾梅尔·杜布兹，罗瑞娜·克拉沃塔，多米尼克·皮诺

类型：喜剧/爱情

制片国家/地区：

法国/德国

语言：法语/德语

上映日期：

2001-04-25（法国）

2001-08-16（德国）

如果早晨出门，我愿意跟着爱美丽的脚步。每个人都有小小的嗜好，《天使爱美丽》中的爱美丽小时候喜欢用手指摩擦杯子口；用吸管吸杯底的饮料，发出呼噜呼噜的声音；揭开手指上干了的胶水皮……长大了她喜欢把手插进豆子里，幸好她住的楼下就是一个菜店，每次从菜店路过，爱美丽都可以找到机会把手插进豆子里享受一下只有她自己知道的欢愉。

那是1997年，巴黎的豆子15到22法郎一公斤。每个周末爱美丽要去看独居的爸爸，每次父女两人对坐吃的都是蔬菜汤、法棍、蔬菜和红酒。受尽老板欺负的菜店伙计对他卖的菜有足够的尊重，拿菜的时候都是小心翼翼，老板高力良讽刺他要是卖葡萄的话要等到明天早晨才能称完。伙计白天卖卷心菜，晚上和脆骨症老人学画卷心菜，老人是雷诺阿的忠实粉丝，一辈子只临摹雷诺阿的画，此时正在为《船上的午宴》中举杯子的女人烦恼。法国电影特爱表现平民的高贵气质，比如喜欢小津、托尔斯泰的看门大婶，在博物馆门口卖明信片的历史学家贵族，临摹雷诺阿的退休老头，粉丝伊迪丝·皮亚夫的流浪汉，等等，这一次是菜店的伙计。

饭店老板赶早去菜市场。《刑男大主厨》里高级餐馆老板波卡乔发现了农民诺南多的厨艺天赋，决心把自己的本领教给他，学习就是从市场开始的，从用力闻市场的气味来挑选好的食材。不错过好食材也不被伪装的好食材所骗是厨师的必备本领。

也有偏执的厨师，他们等在海边，只要一种在某个固定时段来到的鱼类。也有大厨不那么执着某一地区、某一农场的肉牛，做红酒烩肉也不一定非得指定某一部位。《大城小厨》里的吉米说牛的里脊也是不错的选择，因为这是牛栏里的牛能够运动的部位，并且用拳头砸软比肉锤砸出来的要细致。看电影里的大厨对食材的要求如此执迷，自信只有这种方法才会做出更加美味的菜，我就会怀疑——必须如此吗？

旧爱在菜市场结束，新欢从菜市场开始。看《霍乱时期的爱情》，我喜欢17岁的费尔米娜初次当家的模样，一大串钥匙挂在腰里，那金属的小撞击感觉一下就把女主人的存在意识确定了。有点成竹在胸，有点虚张声势，还有点兴冲冲。买了血肠、鳄鱼肉和一些香料……要六块蛋松，六块白奶酪，六块绿豆糕，六块木薯糕，六块这个，六块那个，每样六块，边买边以一种令人心动神驰的姿势把东西放进女佣提着的两只篮子里。当她品尝一块穿在杀猪刀刀尖上的三角形菠萝块儿时，她从陶醉的爱情中突然醒了过来。一刹那间，她发觉自己上了个天大的当，惊讶地在心里自问，怎么可能让一个这样的魔鬼长年累月地占据了自己的芳心！她站在水果摊床前把手一挥，就把阿里萨从自己的生活中抹去了。“不必了，”她说，“忘掉吧。”就这样，17岁的费尔米娜把阿里萨连同他的爱情从自己的心中删除了。而阿里萨则开始了对费尔米娜51年9个月11天的终身追求。

费尔米娜嫁给了医生乌尔比诺，他们的相遇也在市场。当费尔米娜和表姐一起从照相馆出来，画的乌眉黑眼、穿得稀奇古怪的两个女孩被市场里的人哄笑的时候，乌尔比诺的马车适时地停到了两个女孩跟前，那一片乱哄哄的吵闹就留在了外面。费尔米娜登上了乌尔比诺的爱情马车。

菜市场红尘之地，不论现实是怎么样的，文艺片绝不愿意把一对情人放在菜市场相遇，所以，我对《霍》片的这个场景记忆犹新。

黄昏，上班族逛菜市场的时间到了。严歌苓的小说《少女小渔》改成了电影，刘若英饰演小渔，每天在美国的菜市场扫荡便宜且好的菜，不留给下班的办公室女人一点好处。上班族多是在下班的时候去一个顺路的菜市场，带回洋葱柿子茄子豆角小辣椒，给家里的晚餐餐桌掂量出几碟小菜。如果在这里遭遇前情人，曾经风花雪月，如今却各自拎着塑料袋，装着白菜土豆葱姜蒜相遇，打一声招呼吧——“嗨，买菜呀？”你心里还会有曾经的心跳感觉吗？钟晓阳的《二段琴》中说的，原来，不过如此。

最后去周星驰电影里的香港菜市场。在街口能看到《国产凌凌漆》里的周星驰挥刀斩肉，叼着一截香烟，香烟上一截儿摇摇欲坠却总也不坠的烟灰。浑身的武功没处发挥，只好在猪身上展身手：把一扇猪肉切得有条有理，一边还要答对昨夜没给人家过夜钱的妓女，听着妓女对他的赞美和追讨，把迎面扔过来的一块猪肉横断两块，把两块肉都翻到刀的一面，再扔到挂猪肉的挂钩上。一半猪肉扇给他处理成庖丁的游刃有余加金庸的武林神功，酣畅淋漓。

若有好厨房

菜式：外卖

口味：既取决于饭菜内容也取决于送餐快递的速度

做法：厨房加工

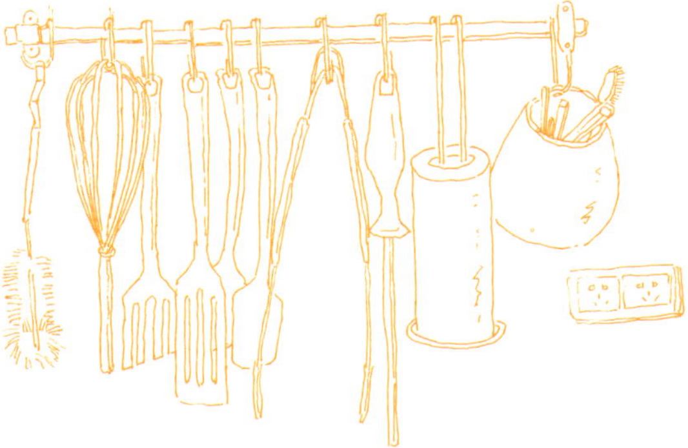

片名：史密斯夫妇

导演：道格·里曼

编剧：西蒙·金伯格

主演：

布拉德·皮特，安吉丽娜·朱莉，文斯·沃恩，亚当·布罗迪，凯丽·华盛顿

类型：

喜剧 / 动作 / 爱情

制片国家 / 地区：

美国

语言：

英语 / 西班牙语

上映日期：

2005-07-08（中国）

2005-06-10（美国）

有一个好厨房的好处多多：减轻劳动负担，煎炒烹炸炖洗刷即使不成为享受，也不会让人叽叽歪歪。如果不按照年代、用途、风格等来划分，好厨房有如下几种，而且我觉得像这样把电影中的厨房分类很好玩儿。

兵器库式，代表：《史密斯夫妇》中的厨房。厨房中放碟碗的抽屉、柜子全都暗藏机关，这让我很纳闷，都是高端专业的杀手怎么在对方眼皮底下做了许多手脚而能瞒过对方呢？打斗的时候随手就从各自布置的暗道机关中拿出武器，铲勺刀叉也成了冷兵器。那两口子打架才凶悍呢，老公扛揍，老婆也不怕挨打，要知道皮特曾经获得过拳击冠军哦。也别说俩人怎么怎么样，就是这部片子让布拉德·皮特离开了他的前妻和朱莉好上了。在全世界影迷的看衰中，他们果真分手了。

如此现代化的厨房做什么呢，却是不做菜的，叫外卖。史密斯夫妇的厨房太过冷艳，全套不锈钢和透明玻璃组合给人的感觉就是冰冷，他们的厨房没有烟火气既因为不做饭，还因为全套的厨具、餐具是钢铁和透明玻璃的，这种材质的东西勾不起食欲。我喜欢暖暖色调的厚厚实实的陶瓷和木头，看上去就让人想做饭，做成的饭菜看上去就招人爱。

博物馆式，代表：《朱莉与朱莉娅》中朱莉娅的厨房。以前写过的朱莉娅·查尔德（Julia Child）确有其人，她随大使丈夫去法国出任，回国后把法国菜引进了美国。朱莉娅回到美国在电视上当法国菜的大厨，在美国掀起了法国菜的热潮，隐退后她的厨房成为一家小博物馆，很多人慕名前往，只为一睹法式美食的烹饪圣地，也有家庭主妇把朱莉娅的厨房当作样板间来装修自家厨房的。

只说我自己又何尝不是朱莉娅厨房的拥趸呢，她的那支橙色条形鱼锅羡慕死我。网上搜搜，多数鱼锅不是条形的，而是长方形的，和朱莉娅的那款鱼锅形状、外表相差甚远。搜到一款瑞士鱼锅，形状接近，不锈钢的，9000 多块！为什么这么贵呢？人家说不含铬、镍、锰，清洗 easy，法国蓝带学校也就是朱莉娅学做法国菜的那个学校的指定厨具。我要做多贵的鱼才能把锅钱折回来呢？算了。前两年去日本，在酷彩专卖店看到了朱莉娅的长条珐琅铸铁锅，喜得！当然买买买。

居家式厨房，代表就多了。《查令十字街 84 号》里弗兰克家的厨房让人感到温暖和亲切。弗兰克的媳妇是爱尔兰人，胖胖的，红脸蛋，坐在厨房的餐桌前，给远在美国的海伦写信。身后的柜子上有活的植物，柜子、桌子都是符合弗兰克收入水平的简单，没有一点奢华的夸张，但也没有寒酸感。就是我们一日三餐的厨房，洋葱姜蒜胡椒盐的百姓日子便是在这里。弗兰克媳妇也把餐桌当作书桌，家庭妇女在餐桌上记记流水账，面包、牛奶、奶酪几镑几便士的，给远在异国的女作家海伦写信。

世界轮转得真是快，妇女解放运动从妇女冲出厨房开始，现在很多少女的梦想是当职业主妇，在现代的科技厨房中让厨艺成为展示自己才能的舞台。

片名：厨房

导演：洪志英

编剧：吉本真秀

主演：申敏儿，朱智勋，金太祐

类型：剧情 / 爱情

制片国家 / 地区：韩国

语言：韩语

上映日期：2009-02-05

爱情之地

菜式：韩式辣白菜炒土豆片

口感：香辣软面

做法：土豆切片，洗去淀粉，热油快炒至土豆片变软，加入韩式辣白菜小块继续炒

韩国电影《厨房》是一个叫沫莱的女孩和两个帅哥的爱情故事。片名是《厨房》，其实故事和厨房的关系松散。不去讨论三个人的心路历程是怎么个来去的，也不去讨论厨房在人物关系和影片中的作用，只说《厨房》中的厨房倒是真的让我羡煞不已。

有稍微极端的说法是，女人不懂文房四宝没关系，但要钟情花鸟虫鱼；不懂琴棋书画也没关系，但要明白厨艺布艺。从某种意义上来说，我认为一个女人有一间好的厨房和有一间好的书房同等重要。厨房里的设备要安全、舒适、好用，要大、漂亮、先进，成为让人向往的地方。《厨房》中的厨房还真的可以做这样的一个样板呢。

我喜欢有阳光的厨房，曾住过的一个小房子别的不说，厨房南面，让人怀念。有阳光的厨房做出的食物活泼，一直以为饭店的饭菜吃不出长啸而歌的感觉，不仅因为厨师多是厨师学校出来的，少有过去口传心授从小而为的传承，还因为做菜之地多比较封闭，靠灯光照明，没有阳光的味道。

《厨房》里沫莱的厨房完全是西式的，一个L型的壁台加一个岛台，一株植物从岛台的台面上破土而出，还有一盆沫莱养的香料（我猜是迷迭香）植物。当那盆植物的叶子被男友多瑞做进菜里的时候，我真替迷迭香可惜，心情不亚于沫莱的“把我也做了吃吧”的心疼。

影视剧更钟情于岛台，这样的台子有利于摄影的调度，人物可以多面拍摄。如果是面壁的厨台，观众看到的操作者便总是后背和侧影。沫莱的厨房，画面的左面有窗子，光线从左侧进入，沫莱、尚仁和多瑞便有了柔和的左侧光面容。那对于韩国电影来说是非常重要的，不管人物是做什么的，一定要靓，即使是厨师也绝不会是《伊甸》中格里格那种大胖子。

原本做证券经纪人的尚仁辞职了，要做自己喜欢的事情——开饭店。媳妇沫莱非常理解他，支持他做自己喜欢做的事情。沫莱开了一家阳伞店——雨伞店就够细致了，还要细分出阳伞店，韩国真的有那么多的阳光吗？不是在中国的东面，与东北相近纬度的地方吗？这一天是尚仁和沫莱的结婚纪念日，沫莱去美术馆给尚仁买礼物，遇到一帅哥，两个人在一个狭小但充满阳光的空间里身体相吸。那个帅哥却是和尚仁合作的伙伴多瑞，刚从法国回来的厨师。住进尚仁和沫莱家里的多瑞并不觉得尴尬，倒是沫莱有了说不出的隐衷，三个人组成了奇怪的三口之家。尚仁和多瑞一起爱着沫莱，一个沉默温柔，一个多情浪漫，沫莱同时爱着两个人，都难以舍弃。

我一直以为韩餐因为大量的蒜而是荤的，韩国电影唯美起来便可以不切实际地唯美得要死。这次尚仁做的辣白菜都是不放蒜的，而且把那个叫作特色，想来韩国人对蒜也不是全民一致地热爱啊。食物是影响体味的重要因素，沫莱和多瑞在美术馆那段戏，两个人一定都没有蒜味，没有辣白菜和酱汤味。辣白菜是味重的食物，一般来说我不建议自己做，去超市买也是要最小包装的。辣白菜既可以单独成菜，也可以当作辅料食材。北方常做的菜式是辣白菜炒土豆片，土豆切片洗去淀粉，辣白菜切小块，热锅起油，炒软土豆片，加进辣白菜继续炒。这是一道能够打开胃口、特别下饭的菜。

谈恋爱的向往意大利维罗纳、法国普罗旺斯、希腊爱琴海或者杭州西湖……真正地谈起来，还是厨房，厨房是一切恋爱的源头、过程和终结地。阿连德，不是智利被暗杀的总统阿连德，是美女作家阿连德（当然也和总统阿连德是一家的，是他的侄女），给她的继子提的建议是要在家里约会，当女孩敲门时，穿着围裙，手拿勺子去开门。

饭是好饭，菜是好菜，爱要好好爱。沫莱做家常菜，尚仁做韩餐，多瑞做法国菜，三个各有拿手菜的人聚到一起，等待着沫莱腹中婴儿的诞生……什么事都是吃饱喝足了才好说，一切都很美好，厨房依旧阳光明媚。

片名：
托斯卡纳艳阳下

导演：
奥黛丽·威尔斯

编剧：
奥黛丽·威尔斯

主演：戴安·琳恩，雷欧·波瓦，吴珊卓，琳赛·邓肯，Vincent Riotta

类型：
剧情 / 喜剧 / 爱情

制片国家 / 地区：
美国 / 意大利

语言：英语 / 意大利语 / 波兰语 / 西班牙语 / 法语 / 德语

上映日期：
2003-09-26（美国）

夏日厨房

菜式：红酒樱桃

口感：酸甜凉爽，淡淡酒香

做法：樱桃去核，与柠檬皮和红酒一起放入料理机打碎，小火慢煮，冷藏后吃

我想上帝说的应该是“厨房要有光”，一个有阳光的厨房才是理想的厨房。我一直认为，凡是好看的菜一定要经得起阳光的考验，灯光不算。在阳光下做出来的菜不像地下厨房做出来的菜带有心理上的先天抑郁。

喜欢电影《托斯卡纳艳阳下》，简直是居家百科，装修、园艺、烹饪、写作全套的。失恋、失财的梅跑到意大利散心，买下了老宅，几经折腾，终于装修好了，梅站在大厨房的圆拱门边，带着疲惫过后的和煦心情。

梅虽然有专门的书房，但那张长长的餐桌上摆着水果和鲜花，趴着猫，身后就是咖啡机，烤炉里有面包在成长，怎么能说不适合写作呢。我亦喜欢在餐桌上画报样、校对、写稿、给玩偶裁衣……因为我的餐桌比书桌广阔。餐桌上有烧水的壶，随时可以冲一杯咖啡，那种香味一直是我的挚爱。

电影剧本来自《在托斯卡纳的太阳下》* 一书，书中，梅的夏日食谱中的红酒樱桃格外引起我的注意。当樱桃成熟的时候，买来大量的樱桃去核，放入锅中，加红酒和柠檬皮碎一起慢煮至樱桃软烂，晾凉以后配甜奶油或马斯卡普尼干酪。我做这个红酒樱桃是这样的，樱桃去核与柠檬皮、红酒一起放入料理机打碎，再小火慢煮，煮的时候红酒的味道会飘满厨房，樱桃里的酒味也会消散得较快。放进冰箱冷藏一下口感更好，也可以和甜奶油一起抹在面包上，夏天冷吃非常不错。

---

* 《在托斯卡纳的太阳下》第 164 页，弗朗西丝 · 梅耶斯 / 著，杨白 / 翻译。海南出版社，2002 年。

现在的厨房有十几平方米，进厨房左手是厨台，右手是小家电厨台、烤箱、锅架和餐桌。虽然是北面，但和南面的客厅相通，即使不是南向也还明亮。

在阳台上种了多种香草——鼠尾草、香薄荷、香菜，以及花盆沙土里埋着的葱姜。葱、姜虽然是超市买来的，但把葱根埋进沙土，葱就会一直保持葱茏的状态，而放在沙子上的姜，也会比放在冰箱里的新鲜。鼠尾草有奇特的味道，让人愉快，所以知道鼠尾草为什么叫快乐鼠尾草。香薄荷可以做各种饮料，像薄荷柠檬饮、薄荷玫瑰饮，在夏天格外清爽提神。迷迭香用种子种时只长过一小棵，大约有两寸高，四面伸展出弱到不行的灰绿色叶子，然后就死掉了。后来购物网站上有香草幼苗卖，买了迷迭香、百里香、马郁兰、薰衣草等等，一盆一盆的香草摆在窗台上，养着的时候当花看，做菜的时候当香料，浇水的时候顺手轻轻地捻一下叶子，手指都是香的。

《枕草子》中写高雅的事情有："梅花上落下雪。很小的幼儿正在吃草莓……"* 在阳台上剪几枝香草，切碎，撒在新做的意面上，也应该列在其中。

夏天的厨房还应该有风吹过，少些烈火油煎，多些凉爽清淡，蔬菜和米豆粥。风吹动了窗帘和门帘，窗外传来细细的响声，是树的枝条在轻轻地摇晃，如果新剪了草地，草的清香就会飘到菜上。暑热退了一些，凉爽进了一些。

* 《枕草子》第 74 页，清少纳言 / 著，于雷 / 翻译，河北教育出版社，2006 年。

好食美器

菜式：生菜沙拉

口感：季节的爽脆

做法：西生菜、对切的小番茄、黄瓜片、洋葱丝等用葡萄醋和沙拉酱拌匀

片名：巴贝特之宴

导演：加布里埃尔·阿克谢

编剧：加布里埃尔·阿克谢，Isak Dinesen

主演：Stéphane Audran，Birgitte Federspiel

类型：剧情 / 爱情 / 音乐

制片国家 / 地区：丹麦

语言：丹麦语 / 瑞典语 / 法语

上映日期：1987-09-18

一块饼干大小的鱼子酱柠檬派放塑料盒里还是装在精美瓷碟中，给人的感受是如此的不同。虽然我像梁文道一样不赞同过分使用“艺术”瓷器，但我也不同意不论何时都用一次性餐具。

《巴贝特之宴》是一部非常早的电影，拍摄于 1987 年。30 年过去，依然有非常多的拥趸，很多小孩拿这部影片当作法餐圣经。逃难到丹麦北部偏僻小渔村的法国女大厨巴贝特，每年都买彩票，这次终于中了 1 万法郎奖金，她把奖金全部用于感谢村民——提供一次地道的法式晚餐，包括海龟汤（Soupe de tortue géante）、德米多夫比利尼饼（ Blinis Demidoff）、千层面盒烤鹌鹑（ Caille en Sarcophage avec Sauce Perigourdine）、生菜沙拉、各式奶酪、朗姆巴巴（Baba au Rhum）、时鲜水果（无花果、樱桃、菠萝、木瓜、椰枣等在 19 世纪的当地尚无如此多的热带水果）等 7 道菜，不仅让村民品尝到了高级法餐的精髓，同船还运来了成套的餐碟、刀叉、酒杯、桌布、餐巾、烛台……在贡献大餐的同时，完整地展现了美食、美酒、美器搭配的全过程。《巴贝特之宴》不愧是法餐圣经，这 7 道菜几乎无法复制，如果勉强去做也不过是生菜沙拉。而我做的生菜沙拉一是没有那么多品种，再有就是千岛酱拌之，一下就把高级法餐弄成了家常菜。

每次想到巴贝特把巨大的亚麻布铺在长条桌上用铁熨斗熨平的镜头我都要小小地惭愧一下。要知道那个铸铁的熨斗巨沉，熨衣服是强劳动，熨斗用火盆加热，单是热度的掌握都是一门技术。那时的洗衣皂不像现在的洗衣液有强劲的清洗力，没有洗衣机更不要说清洗大型台布，清洗桌布都不是容易的事情。自家春节餐桌虽然铺着巨大的亚麻台布，但上面一定要铺一块一次性塑料布，一是为了桌布不被油污弄脏，一是为了饭后可以把垃圾等一下收走。

看巴贝特布置的餐桌——晶莹的酒杯、细花描边的瓷盘、平整的餐巾、枝型烛台……虽然不无羡慕，但瓷器对于我来说并不是越贵重越好，不是非得 Wedgwood 不可，不是非成套不行。我还常常买单品，买一块盘子或者一支杯子，想着它配什么菜好看就买下。

过年的时候，把那些喜庆颜色的瓷器找出来，提前一个月就开始擦洗。像那只手绘水果图案的扁汤池，适合上整条的红烧鱼；蓝色波斯菊的花碗，适合上蓬松的炸薯片；方形绿色炻瓷烤盘当然做烤箱菜的，不论是烤奶酪杂蔬还是什么，都可以直接上桌。酷彩的小碟子有紫、粉、绿、红和蓝等多种颜色，适合做每人一个的酱碟。

就一张 12 人餐桌来讲，摆满一桌子菜至少需要两个体型大些的盛器，6 个或者 8 个中等餐具。过年还是 12 个菜比较好，十个八个也行，与人数有关，与做菜的体力和能力也有关。

我选择厚实米色底子暗红图案的亚麻台布，筷子每年春节换一把新的，中国红筷子适合春节。当然要有鲜花，鲜花在北方是没有什么选择的，花店卖什么就买什么了，但玫瑰、百合、康乃馨、红柳还是有的，插一瓶子以红色为主的杂花，外面再冷，屋里也有生机。

人是衣裳马是鞍，好菜还需有美盘。如果缺少这些仪式和腔调的东西，那吃饭就会少很多趣味和美好。

片名：双旗镇刀客

导演：何平

编剧：何平，杨争光

主演：高一玮，赵玛娜，常江，孙海英，王刚

类型：动作／冒险／武侠

制片国家／地区：中国

语言：汉语普通话

上映日期：1991

厨刀生风

菜式：西北炖牛肉

口味：香浓

做法：把牛解剖成小块，肉、骨头同时入大锅加调料、水，大火烧开，慢煮一夜

电影《双旗镇刀客》里用一把大到不可思议的砍刀解牛的镜头看得人心惊胆战，心想，解牛这件事永远不会和我有关系。再到《龙门客栈》里的小鞑靼，连牛都不解了，直接解人，还先解剖死人，最后把那个太监活着剔剩了半副骨架。看着那样的刀和使用刀的方法，我总是很泄气，对于我来说，用刀一直不大利索。

《双旗镇刀客》中一口巨大的铁锅里煮的一锅牛肉看上去非常豪迈。那是西北做牛肉的常规做法，不在于精致，但味道浓厚，口腹均能得到极大的满足。做法也简单粗暴，卸成小块的牛肉、骨头放入大锅中加花椒、大料、姜块、葱条一起大火烧开，小火慢煮一夜，第二天早晨加粗盐继续烧滚，卖的时候锅下的小火不撤，一直煨着。这样一锅肉可以卖上一两天。吃的时候盛一大盆上桌，当然要喝大碗高粱酒。

1995年前后，双立人刚刚进入中国，在北京崇庄百货做推广，我正好路过，觉得这个牌子和我的星座搭配。买刀的时候，卖刀具的女孩问我，是您自己用吗？我说是。她推荐了一把多用刀和一把肉刀。说，您感觉一下吧，适合不适合您的习惯。我心想，我的习惯还在培养当中呢。挑了两把自认为不会使自己看上去动手能力很差的刀回家了。

对于一个基本素食的人来说，那把肉刀基本不用，那把看上去更像匕首的多用刀真的很好使，切菜、切熟食见风就落，快！也不累手。后来又买了一把面包刀，解决了切热馒头切成饼的问题，而切西红柿什么的汤汁多的水果蔬菜也不会弄得滑不留手、满哪儿都是汤了。写这文的时候，清点了一下自己的双立人刀具，包括剪子、削皮器、磨刀棒，居然40多件！什么时候买的呢？

中式刀工很讲究的，有直切、推切、拉切、锯切、铡切和滚刀切等多种刀法。那都是使用刀具的方法，但什么东西怎么切没说。理顺了各派切功的基本要点，主要以被切食物的纤维走向为依据，比如，牛肉比较粗硬，要把纤维切断，就要横切；猪肉纤维较牛肉的软较羊肉的硬，那么就要斜着切断；羊肉随便怎么切；蔬菜也是，想要纤维多一些就顺着纤维的走向切，切成长条，像芹菜、白菜之类，想要好嚼就切断切碎，辨不清纤维方向的诸如萝卜、胡萝卜、土豆等随便切，切出花来谁管你？

在《亚瑟王》的故事里，那些骑士们用刀扎住肉直接送进嘴里，不会把手弄得油唧唧的，要知道那时把手上的油腻洗干净可不是一件容易的事情。这样，骑士就可以用干净的手来与美丽的小姐握手了。《水浒》里的好汉好像没有谁在大块吃肉的时候想到和女人打交道需要一双干净的手，施耐庵的笔下没有一个女人有好下场，更不要说得到男人的照顾了。

我的几把双立人刀具的刀把与刀身是铆合在一起的，每一次用过都要仔细清理刀把结合的部位。后来买过一把日本鱼刀，刀身刀把一体，完全没有死角，好清理，收拾鱼啊，会让鱼少很多痛苦。还有几把法国 OQO 的刀具，不便宜，但实在“so so”了，那个面包刀几乎没用过。

能够把众多的厨刀耍得如武林高手一般的女人干什么呢？单单为了自己的胃很难有永恒动力。是谁把她们吸引进了厨房？一是孩子，一是情人。孩子需要一把好刀的千斩万剁来把他们养大，而情人需要一把好刀切出好味的食物来赢得他（她）们的心。男人女人都是如此，一个女孩决定嫁人了，说到被俘虏的原因，她说，他会做好吃的，居然用刮刀就能雕出奶油花呢！看到她笑的模样好像看到了桌上美味。我实在想不出桌上都有什么好菜能让她的笑声仿佛面对情人。

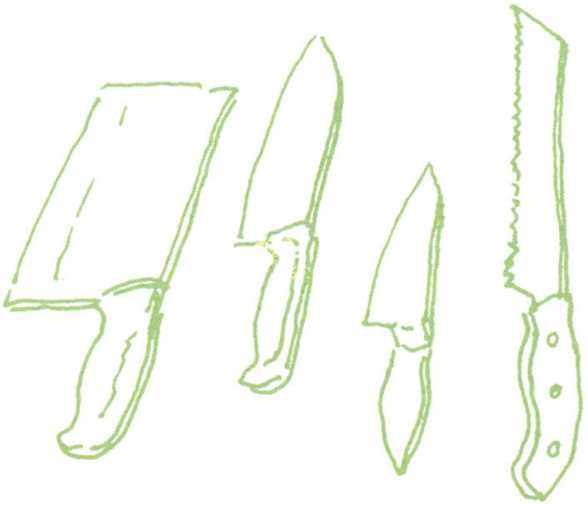

片名：青木瓜之味

导演：陈英雄

编剧：陈英雄

主演：
陈女燕溪，如琼，
Thi Loc Truong，
Anh Hoa Nguyen，
Hoa Hoi Vuong

类型：
剧情 / 爱情 / 音乐

制片国家 / 地区：
越南 / 法国

语言：越南语

上映日期：
1993-06-08

当筷子与叉子相遇

菜式：青木瓜甜虾

口味：暑热中的清甜鲜味

做法：将腌好的虾仁油炸至金黄，与菠萝、青木瓜、洋葱块加泰式甜辣酱汁同炒有人炒菜不喜欢用铲子，而是用比较长的筷子。越南导演陈英雄在国内并不如雷贯耳，但他的《青木瓜之味》却是很有一些观众的。10岁的梅去有钱人家当女佣，手捧一个小青花碗，另一手拿着筷子，蹲在院子里看地上的什么，拿筷子的镜头让人觉得什么都可以美到入画。长大的梅用筷子炒菜，亚热带的情欲呼之欲出。而一些欧美片子里，大到《玛戈皇后》的皇家盛宴，小到《诺丁山》中的平民家常饭，处处是使用刀叉的场景。

筷子也称箸，据说早在五六千年前就出现了。筷子用不好，真是心急嘴遭罪。尤其是夹光滑细小的东西，比如油炸花生米、长得怪俊的鸽子蛋等都是干着急不容易吃到嘴里的。

网上查“叉子”的词条，说，“用叉子压住食物的左端，固定，顺着叉子的侧边用刀切下约一口大小的食物，叉子即可直接叉起食物送入口中”。不论是两侧手肘过高，还是手肘过低，都没有办法好好将食物切开。正确姿势是：将肩膀与手腕放松，两臂贴着身体，刀与餐盘的角度保持在15度左右。这样不但能轻易将食物切开，而且姿势看起来也比较优雅。在叉子和刀的使用中优雅占有重要地位，即使你不优雅也可以实现将食物切开送进嘴里的目的。

在筷子的使用中，就没有这么简单了，优雅是后来又后来的事情，首先是怎么把两根直溜溜的木棍与五个可以伸直弯曲的手指连带手掌结合在一起，在大脑的指挥下进行组合运动。这就是到今天也没有一个机械手能够做得像中国人使用筷子一样充满了技巧与灵性的原因。我相信一定有很多人像我一样，虽然用了多年的筷子，但是仍然觉得这是个技术活儿。

一根直溜溜的树枝就可以定义为一根筷子了，两根就是一双筷子。这个工具容易出现在早期人类的工具里。而叉子，一个分叉的树枝，或者螃蟹的大钳，拿过来稍加修整使用，后来人类能够制造更加精巧的工具以后再制作多齿叉子就不成问题了。叉子走的是发展和完善工具的路子，筷子打的是另一套拳——充分开发手的功能，而不在筷子的更好使用上较劲，千百年的发展不过是换换材质，对头和尾有点小改进。

筷子在使用上的多样性、灵活性远远大于叉子。如果吃去掉刺的鱼、切成块的肉以及米饭等，筷子和叉子势均力敌。吃面条当然是筷子好用，但用筷子吃面条会有呼呼声。关于吃饭有声响东西方有不同的释义：电影《白鹿原》里黑娃吃面条轰隆作响恰恰是吸引田小娥的魅力所在；在日本，吃面条的声音越响说明面条越好吃，声音是对厨师厨艺的赞美；而吃西餐要无声地进行，一切以不出动静为最高级。所以用叉子吃意面的时候需要把面条在叉子尖上缠成团，然后送入口中，当然不会因吸溜面条而发出声响，吃起来也更优雅，不会把面酱弄到脸上。在这一点上，用筷子吃面条的确粗放豪迈，与西方用餐要求安静的文明相去甚远。要撕开某些做得比较软烂的肉类，比如红烧肘子之类的，筷子可以独立完成任务，叉子必须有餐刀助阵才能大显身手。中餐中很多菜都是带骨头上的，那在西餐里相当于半成品，因为用筷子可以挑出骨头、鱼刺，虽然造成了进餐的缓慢，但也多了很多趣味。

筷子完全可以代替由乱成一团的铁丝做成的打蛋器。三两个鸡蛋用一双筷子打搅，很快蛋液就均匀了，如果鸡蛋数量多，就多用几根筷子。只有西餐厨具里才会发明打蛋器这种添乱的东西，打蛋效果虽然好，但清洗太困难，餐叉当然也可以打搅鸡蛋液。如果厨房里有筷子，我建议可以省去打蛋器，即使做烘焙，筷子加厨师机，完全够用。

轮到火锅、关东煮、卤煮等上桌的时候，叉子就显得笨拙了。这时候是筷子的天下，不论是涮一片肉、一根菜，还是夹出锅里的任意美味，筷子所向披靡。由于筷子夹出内容可多可少，一片涮肉从锅里夹出到嘴边的路程正好使温度降到唇舌可以接受的程度，这种好处是叉子所不能比的。

如果小酌，红酒＋奶酪，冰威士忌＋干果，啤酒＋香肠，二锅头＋油炸花生米（盐烤黄豆、蚕豆和豌豆）是绝配。前面的都是喝一口酒，手扦一小块奶酪，或捻一粒干果，或捏一片香肠；后者则一手端牛眼酒盅，抿一口酒，让清凛的二锅头在舌头上燃起火焰，另一手下箸，夹起一粒儿花生米，缓缓地放进嘴里，花生被咬破爆出的香味使二锅头燃起的火焰变得滋味醇厚。这时，还是使箸者更加从容不迫。“停杯投箸不能食，拨剑四顾心茫然”，此时，说什么也不能把筷子扔出去，要把筷子轻轻地放下，慢慢地并拢，让它们整齐地成为一对双胞胎的模样。

有过去西餐馆自带一双筷子的经历，韩国不锈钢扁方筷子放在餐刀一侧，在台面上并不违和，吃饭的时候左手叉，右手箸，也没有让他人转移注意力。

片名：
普罗旺斯的夏天

导演：罗丝·博斯

编剧：罗丝·博斯

主演：
让·雷诺，安娜·加列娜，克洛伊·茹阿内，雨果·德休，奥雷·阿蒂卡

类型：剧情

制片国家/地区：
法国

语言：法语

上映日期：
2014-04-02（法国）

铸铁锅的信念

菜式：茄子炖牛骨

口味：普罗旺斯夏天阳光的味道

做法：牛腿骨锯段煮熟，骨头捞出，汤过滤。把煮熟的牛腿骨、切块的茄子、土豆、洋葱放入珐琅铸铁锅，加入过滤出的牛骨高汤，慢炖，调味料中大蒜要加倍

我对让·雷诺不乏好感，他现在老了更有一股敦厚的味道。除去打打杀杀的鲁莽角色以后，雷诺开始演暖男。先是在《三星大厨》里演一个传统派厨师，满厨房的不锈钢锅碗瓢盆；到了《普罗旺斯的夏天》里他演一个乡下老头和来度假的小孙子的温馨故事。

影片开始，洒满阳光的花园树下，一张铺着桌布的大餐台，餐台上一只显然很重的橙红色锅子。我哈哈一笑，果真是法国，珐琅铸铁锅平平常常进入寻常百姓家。做什么？是外婆做的法式乡村炖菜——茄子炖牛骨。牛骨用牛腿骨，先把带肉牛腿骨锯段，煮熟，把肉骨头捞出，汤过滤。茄子、土豆、洋葱切块，一起放入铸铁锅中，加入过滤出的牛骨高汤，香料用迷迭香、百里香，最重要的是大蒜要加倍放，最好一整头大蒜。大火烧开，小火慢炖一小时，最后 20 分钟时加盐。

买第一只珐琅铸铁锅的时候难免显摆。有人问为什么要买那么贵的锅，好在哪里呢？其实，一只好锅的好处有点像亲密爱人，他或者她的好处只有你知道，很难与外人道。逼急了也不过是此人接吻好眉目传情好肩膀好……其实还是不明所以。

陆续购进了 4 只 Staub 珐琅铸铁锅，最小 10 公分迷你小锅盅，最大 28 公分煮锅，以及火焰橘色的酷彩长条鱼锅、海鲜锅和樱桃红色烤盘。闺蜜到家里来，看到那些大大小小的锅子放置在锅架上，笑吟吟地说，为它们写了那么多郑重的文字，放的却如此随意。我则以为对锅的最大尊重就是用它们做好吃的菜。

使用频率最高的是 Staub 地中海蓝色的 26 公分椭圆形家禽锅。买的时候，觉得这个形状有趣，用起来发现非常实用。一只中等的去了头和脚的鸡，在肚子里放上香料，再丢入土豆、胡萝卜，盘好鸡翅、鸡大腿，刚好放满锅，因为锅的密闭好，所以放少量的水就可以慢炖了。炖好的鸡可以连锅端上桌，“上得去台面”就是这个意思吧？

用这个锅做红烧肉也不错，五花肉切成拇指大小的块，锅底刷油，铺葱姜干辣椒山楂再铺五花肉，加料酒、酱油，铸铁锅的菜谱上说不要放水，但经过实践还是少放一点为好，水量控制在料酒和酱油的等份上就行。大火烧开，开锅翻匀，盖好盖子改小火30分钟慢炖，然后放盐和糖，再小火10分钟就OK。很多人对于珐琅铸铁锅不放水或者少放水存有异议，做红烧肉真的不用加水！这也是铸铁锅做菜能保持住原味的关键，是其他的锅所不具备的特点。

那支26公分的Staub圆锅主要做米饭和粥。家禽锅做粥和米饭也是可以的，但是铸铁锅用久了会有渗透，煮肉的锅有肉味，是那种你明确地知道肉味存在却又洗不掉的味道。如果用肉锅煮粥做饭，粥和饭就不清爽了。尤其是白粥和白米饭，它们那么随和，容易把前一次做肉的味道吸进粥饭当中。台湾美食家焦桐说的，米饭是最随遇而安的。待做过几次粥饭以后，铸铁锅就又清爽起来，带有米的香味。但是，只要做回肉类，铸铁锅立即打道回“肉”府，还原出肉味。

所以，26公分煮锅只做粥饭，有时也煮水果。煮过水果后的锅再做米粥饭就带有那种水果的细微香味。我喜欢煮杂豆粥。红小豆、花豆、薏米、糯米等泡一夜，加多水大火煮开，小火慢熬，小火的时候水的表面起一点小泡就行，锅盖盖严，不会“噗锅”。豆子软烂面了，粥就煮好了，腊八粥可以如是做。铸铁锅做出的粥软糯弹稠，米豆香十足，是可以快速把豆米煮好的高压锅不能做到的，高压锅不会把米豆的香味一点一点带出来。

那只 28 公分的 Staub 大煮锅最适合冬天了。如果有牛肉或者猪肉高汤，一碗，加多水烧开；把发好的木耳、蘑菇、海带以及冻豆腐、白豆腐或者豆腐皮、粉条、撕成条的晾的半干白菜叶……所有这些放入汤中煮熟；快出锅的时候加羊肉片，大火煮开；最后加盐，就可以连锅端上桌子了。锅中所有的菜肉都可以蘸涮羊肉的调料，搭配米饭。再没有什么食物比这一锅煮的菜肉抚慰我们冬天的胃和心了。这个锅子虽然有肉，却比火锅清爽，简单干净，也有足够的热力和能量，是我冬季代替火锅的主打菜。这只锅也可以炒菜，有人嫌它慢热，但其实只要前期有一点耐心，后期可以提前关火，锅的余热足够支撑后 1/3 的炒菜过程。

那个迷你锅盅，据说是做鸡蛋羹的。我一次也没有用过，因为家里有几口人就要有几个锅盅。这样，做鸡蛋羹才可以同时开吃。可是，一个锅盅就六七百块钱，为了一个不大常吃的鸡蛋羹再买两三个铸铁锅盅好像也没有必要。但我买了几个酷彩的炻瓷小锅盅，虽然不能和珐琅铸铁的相比，但颜色多样，可以用在烤箱里，同时烤几只马芬蛋糕。